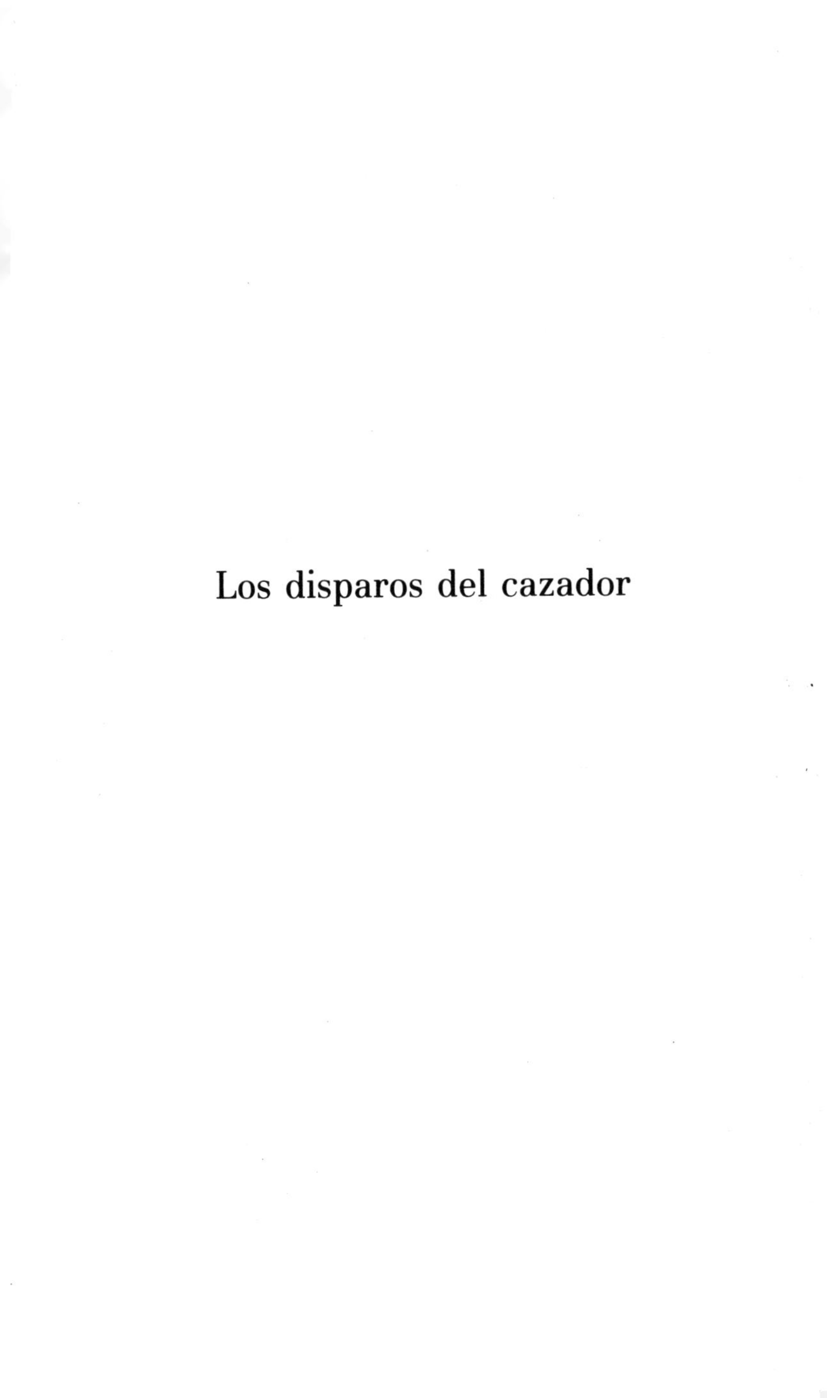

Los disparos del cazador

humillan ante cualquier mujer que no participe de cierta fascinación por él, que no haya sido seducida. Me pareció más conveniente buscar la presencia de un criado, la compañía varonil, e incluso la fuerza física que puede serme necesaria en momentos que, aunque indeseables, no descarto que en un futuro hayan de llegarme.

Ramón me ayuda a desnudarme, ha colaborado en desagradables tareas de enfermero cumpliendo instrucciones del médico; cargó con mi cuerpo y me acompañó durante los meses que duró mi recuperación de una rotura de cadera que me ha dejado la secuela de un trombo cuyo recorrido vigilan periódicamente los médicos y que para mí es como la firma al pie de ese certificado que todos recibimos al nacer y que se llama muerte. Ramón se ha convertido en mi mano derecha, o mejor sería decir en mis dos manos. Recoge el correo, hace la compra, cocina con mejor tino que cualquier mujer, mantiene limpia la vivienda, cambia las flores del jarrón que hay sobre el tocador de mi dormitorio, cuida del jardín –sólo periódicamente ayudado por algún jardinero provisional– y me sirve de chófer en las escasas ocasiones en que aún deseo volver a la casa de Misent.

Soporto mal la casa de Misent. La construí en el momento en que mi relación con Eva vislumbraba su mejor horizonte. Fue la caja que guardó la infancia de la pobre Julia, su instante de belleza y de bondad: las carreras por el jardín, las risas en la playa, las imágenes felices detenidas en viejas fotografías que aún me encuentro cuando registro los cajones buscando ordenar de otro modo las cosas, cambiarles en mi cabeza el curso que siguieron, reconstruirlas poniendo en pie de otro modo los montones de escombros a que todo ha quedado reducido.

Ya no está sola junto al mar. Ya no tiene el aura que le concedía la soledad de aquella costa pedregosa y atormentada en la que el fragor de los temporales lo llena todo, con su ruido de agua y viento, y el de los cantos que se arrastran en la orilla, y que fue para mí el símbolo de mi propia fuerza, de la fuerza de mi propia historia, hecha con la constancia de la voluntad, del cuidado, de las obligaciones aceptadas y cumplidas.

La casa nació para guardar una historia.

Fue diseñada pared a pared, ventana a ventana, con vocación de albergue para la familia que mis principios me habían llevado a fundar. Hoy permanece cerrada y, además, ha sido trivializada por la presencia en sus cercanías de decenas de otras construcciones, la mayoría de ellas carentes de toda voluntad de grandeza: simples apeaderos en los que cada verano se refugian los turistas ocasionales.

El espejo de la casa de Misent me devuelve la imagen de Eva cuidándose las manos. Es una imagen más íntima, que acompaña el rumor de las confidencias, de la apacible conversación. También la de otra Eva suntuosa, mientras se pone las joyas antes de una fiesta, de una salida nocturna. Es el espectáculo de toda su belleza. Es su cuello hermoso emergiendo del escote, el complicado dibujo de su peinado, el irresistible brillo de sus hombros, y mi cabeza que se hunde allí, en el ángulo del cuello con el hombro, desordenando su armonía, y mi boca que siente el suave calor de su piel y, sobre la lengua, el frío del collar de platino. Son instantes que están dentro del espejo y que surgen cuando lo miro.

Sólo un constructor, o un arquitecto que además me conociera perfectamente, conociera la historia de mis primeros años con Eva (es decir, sólo Ort), podría descubrir los matices, las sutilezas que encierran tanto la fábrica de la casa de Misent como su mobiliario. En ella busqué, sin traicionar el carácter mediterráneo, un equilibrio de luces y sombras, de espacios abiertos e intimidad, un envoltorio suave y perfecto para mi familia.

No era un chalet en la costa. ¿Quién emplea caoba y palosanto, mármol y pickman en un chalet de la costa? Era la gran casa familiar que seguiría siendo un refugio aun después de que la familia hubiese crecido e incluso se hubiera dispersado, el punto de referencia que le permite a uno no perderse nunca en la vida, la aguja del compás. Ahora permanece cerrada, con los muebles cubiertos por fundas y el jardín abandonado. Y nosotros nos hemos perdido, tal vez como pago de mi orgullosa ambición de orden. Él dispone y entre sus disposiciones está la de ponernos a prueba, la de tensar el arco de nuestras vidas para descubrir su resistencia.

Intento seguir poniendo orden en mis días. Ramón viene temprano a despertarme y me ayuda a lavarme y vestirme. No sé cómo se las arregla para, al mismo tiempo, preparar el desayuno y tenerlo a punto en el salón, junto a la ventana que da sobre el jardín. Es el mejor momento del día, ese frágil sol de invierno madrileño cayendo sobre la mesa y regando las ramas secas de los árboles parece llamarme y me lleva a salir a dar un paseo y a permanecer luego largo rato en un banco mientras Ramón me lee el periódico. Si durante la lectura cierro los ojos, puedo llegar a tener la impresión de que he regresado a la costa y ellos aún están: que Julia y Manuel se han ido al colegio y Eva ha salido de compras y Josefa, la cocinera, ha empezado a preparar la comida. Dentro de un rato volverán todos y se sentarán en torno a la mesa. Entonces le ordeno a Ramón que se calle, que interrumpa la lectura, y me quedo en ese silencio lleno de recuerdos.

Los recuerdos tenían que ser como lecciones de un oficio que nos sirvieran sólo para hacer las cosas de cada día: algo técnico, pero carente de cualquier densidad, de cualquier emoción. ¿Qué otra utilidad, sino la del sufrimiento, tiene la emoción de los recuerdos, si nada de cuanto nos transmiten ha de volver? Intento imaginarme cómo sería el silencio de las noches en mi habitación si no hubiera recuerdos, sólo oscuridad, o la luz eléctrica alumbrando callada los objetos, desnudos de cualquier significado que no fuera su uso.

Algunos días le pido a Ramón que me lleve a comer fuera. Elijo entre los tres o cuatro restaurantes de siempre, o bien busco en la guía alguno nuevo y especialmente recomendado, y disfruto del ritual de la salida; de los gestos de Ramón ofreciéndome la bufanda, el abrigo, el sombrero, y del paseo a través de una ciudad que se me ha vuelto extraña, pero cuyo ajetreo aún conserva para mí la seducción de lo cambiante y vivo. No es raro que el paseo nos lleve a cruzar ante la puerta de alguno de los locales que frecuenté hace muchos años y, a veces, hasta le pido a Ramón que se detenga y entro a tomarme un café, o un vermut, depende de cuál sea el momento del día, y a pesar de que hace años que dejé el tabaco, me fumo un cigarrillo. También con esos gestos me parece que recupero destellos de algo perdido.

Es curioso, pero el vermut del mediodía sigue trayéndome la nostalgia de la vida social, sin duda empujada por el recuerdo de las mañanas de domingo, cuando la misa terminaba en un paseo familiar y en el vermut con los amigos; por entonces, también era habitual concluir la jornada en la oficina, la visita a la obra, o iniciar una comida de negocios, con el vermut. Apenas si ahora soy capaz de entender la vida fuera de esa actividad social. Para mí, la soledad siempre tuvo algo de sospechoso, e incluso la religión me parecía inimaginable sin su componente familiar y social. En él encontraba la plenitud: la misa del domingo, las bodas, bautizos, comuniones y entierros eran expresiones, tristes o gozosas, de ese carácter comunitario.

Me parecían sospechosos los amigos solteros y solitarios, como sujetos a secretas amarguras o inclinaciones. Y hoy esa desconfianza recae sobre mí mismo y me lleva a auscultar continuamente la evolución de mis sentimientos, y a veces siento miedo de que, en mi decadencia, aún pueda llegar a conocer aspectos indeseables de mi psicología. Del mismo modo que los esfínteres del cuerpo, es probable que la vejez debilite también las válvulas del alma, sobre todo cuando se rompe el vínculo del matrimonio, que sirve de sostén y freno. Como en el soltero, también en el viudo creo que anida un germen de sentimiento sin control, a la deriva.

Quizás por ese motivo no acabo de aceptar que la palabra viudo me define. Además, tiene algo de siniestro. Siempre me parecieron pregoneros de la desgracia, aves de mal agüero, esos hombres vestidos con pantalón y camisa negros, o con un botón o un retal negros en el cuello de la camisa blanca, que tanto se veían en España años atrás. Con frecuencia –sobre todo en el campo–, se trataba de tipos jóvenes y robustos, de saludable aspecto, y sin embargo, flotaba en torno a ellos un aura de culpa: el presentimiento de un veneno que se había transmitido a su mujer como una mordedura. Claro que ese presentimiento se dejaba ver en los casos en que la mujer había fallecido joven, y aún más si era hermosa. No es el mío: Eva murió hace apenas una decena de años y, además, pudo ser víctima de otro veneno, cuya composición habría que preguntarle más bien al doctor Beltrán.

Releo la última frase que acabo de escribir y pienso que acabaré tachándola. No está a la altura de mis sentimientos, ni corresponde al propósito de este cuaderno, en el que no quiero que asome el menor resquicio de rencor, sino todo lo contrario, una profunda misericordia, la misma que solicito a Dios que deje caer sobre mis debilidades, que no han sido pocas, aunque pienso que siempre han estado amparadas por la discreción y que jamás se han convertido en motivo de escándalo para nadie. Es algo que puedo anotar con orgullo a mi favor y que me sirve de consuelo en estos tiempos de confusión en los que el escándalo más bien parece haberse convertido en virtud.

Ni siquiera Eva llegó a sospechar mis debilidades. Nunca me permití ante ella un desfallecimiento o una quiebra en mi dignidad: ofrecí en todo momento la imagen de una presencia estable, fuerte, en la que los demás podían encontrar apoyo sin un resquicio de duda. Si algún acto cometí discutible, fue la mayor parte de las veces guiado por el natural afán de beneficio de quien quería asegurar el futuro de su familia, y a Eva no le llegaron ni los ecos más remotos de esas actividades; su moral jamás quedó enturbiada por nada que procediese de mí. Me esforcé por mantenerla inocente como un ángel, limpia como un espejo sin empañar, y ni siquiera la hice partícipe de algunas pasiones que anidaban dentro de mí y que me pareció indigno compartir con ella. Preferí satisfacerlas fuera de casa, siempre con las debidas precauciones de higiene y seguridad.

Portales solitarios, escaleras vacías, apartamentos en penumbra. El recuerdo de mis relaciones fuera del matrimonio me llega silencioso, como los pasos sobre una alfombra mullida. El crujido de la llave en el agujero de la cerradura. Eran sólo aventuras apartadas de la vida cotidiana y que jamás pusieron en peligro la estabilidad de la familia, y si bien es cierto que busqué que se prolongaran, hasta el punto de que algunas –las que mantuve con Elena y con Isabel– duraron años, fue porque preferí la seguridad de lo conocido a la incertidumbre de las aventuras encontradas en bares dudosos o en noches en las que el alcohol te lleva a perder la cabeza. El deseo, o el cariño que en esos casos acabó naciendo, fueron sentimientos secundarios frente a lo que de verdad buscaba: la discreta satisfacción de pasiones que estaban dentro de mí.

Nadie que no debiera tuvo acceso al teléfono de la oficina, y menos aún al de la casa. Y si la natural convivencia con Elena e Isabel me llevó a tener que financiar apartamentos y a obsequiarlas con regalos o con pequeñas entregas de dinero en efectivo para subvenir a sus necesidades o caprichos, es bien cierto que jamás supusieron un peso en mi economía.

Y no porque me comportase de manera poco honesta con ellas, ya que nunca les oculté mi propósito, ni mucho menos mi situación de padre de familia que quería con amor auténtico a mi mujer y a mis hijos. Tampoco dejé de manifestarles con claridad lo que exigía: esa entrega incondicional en el lecho que se busca en las amantes y que mi propia actitud compensó. No tengo por qué ocultar que gozaron entre mis brazos, que fui capaz de desatar su pasión y de cumplir el deseo que en ellas encendí. Mi carácter y también mi orgullo me impedían abandonarlas sin la certeza de su satisfacción en cada encuentro.

Sólo en contadas ocasiones las veía fuera de nuestros lugares de cita habituales, y en esas ocasiones la sensatez y el cálculo jugaron su papel. Sobre todo Isabel, aunque también Elena, me acompañaron en numerosos viajes, la mayoría de ellos fuera de España, a lugares donde resultaba prácticamente imposible tropezar con algún conocido. Viajes de negocios en los que ellas aguardaban en la habitación del hotel el final de mis reuniones, hojeando revistas de modas o viendo la televisión. En los ratos libres practicábamos un poco de turismo y a veces prolongábamos la estancia durante un par de días más. Con Elena viajé a México y Buenos Aires. Isabel me acompañó con frecuencia en viajes cortos, pero también estuvimos juntos en Nueva York, Londres o Milán. Con las dos pasé breves temporadas en París, aunque a París, durante algunos años, venía Eva, que rompió sus hábitos sedentarios para acercarse de compras a Francia, aprovechando para visitar a Manuel, que estudió en Burdeos y Rouen.

De un modo que reconozco mezquino, me consideré afortunado porque Eva odiaba los viajes: era como si también con ese pequeño detalle el destino favoreciese la estabilidad emocional que yo buscaba, y me permitiera alternar los apacibles momentos de intimidad familiar con pequeñas aventuras cosmopolitas, ya que no siempre me dejé acompañar en los viajes por mis amantes madrileñas, sino que con frecuencia busqué compañía en el propio lugar al que los negocios me habían llevado. Y resulta curioso, pero puedo asegurar que si, en un par de ocasiones, estuvo a punto de triunfar en mi vida la pasión sobre el sentido común, fue con alguna de esas mujeres que de entrada sabía que eran pasajeras, y que irremediablemente tenían que desaparecer de mi vida horas más tarde. Esa sensación de inminente pérdida me perturbó, llenándome de amargura.

En todos los casos, el traslado en taxi hasta el aeropuerto, los trámites de embarque y el viaje en avión fueron convirtiendo en una niebla cada vez más tenue el recuerdo de aquellos seres que me habían cegado, aunque luego, durante temporadas más o menos largas, los cuerpos y gestos de esas mujeres que había perdido se superpusieran, durante el acto del amor, a los de mi esposa y amantes de Madrid, renovando mis deseos y mi tristeza.

Aún hoy me alcanzan jirones de esa pasión, sobre todo en la hora triste que es siempre para mí el atardecer. Los días en que siento esa nostalgia, le pido a Ramón que me arregle la vieja habitación de matrimonio que normalmente permanece cerrada desde que Eva falleció. No sé si Ramón sospecha las razones de esa periódica alteración en mis costumbres. Registro en los cajones cerrados de los que guardo celosamente las llaves y me dejo llevar por mis instintos –la media luz, la penumbra de las cortinas tapando la ventana a la noche–, hasta que la imagen de mi cuerpo reflejada en el espejo me devuelve la sospecha de la fluidez de mis sentimientos y la certeza de la degradación de la carne.

Ya no soy fuerte. Soy simplemente obeso y mi vientre es blanco como el de un recién nacido. Temo que Ramón sospeche esas desoladoras ceremonias, e incluso las espíe, porque, a veces, a la mañana siguiente, me parece más callado y huidizo. Al recoger la habitación tiene que encontrarse con las huellas de mi dudosa energía en las ropas de la cama.

La sospecha del hombre solitario, del viudo. Al igual que yo, Ramón es un hombre solitario y ni siquiera abandona la casa los días que tiene asignados para su descanso. Se queda durante toda la tarde en su habitación y, por la noche, me llama a la hora de la cena y luego me ayuda a bañarme y acostarme. Poco sé de su familia, y nada de sus actuales relaciones, si es que las tiene. Vagas referencias a su pasado campesino, alguna llamada telefónica de alguien que, al parecer, es su sobrino y, ciertos jueves, breves salidas, a la vuelta de las cuales no me brinda la menor explicación. Sin embargo, ni por presencia, ni por edad, puede decirse que Ramón sea viejo o enfermizo. Debe de rondar los cuarenta años, aunque aparenta bastantes menos, con su cuerpo robusto: un magnífico ejemplar humano cuyos rasgos viriles acentúa la poderosa barba.

Cuando regresa de esas escapadas, involuntariamente busco en él la huella de impulsos satisfechos, muestras de fatiga o rastros de algún perfume nuevo. En ninguna ocasión he podido descubrir nada que alivie mi curiosidad, o, mejor aún, que la sacie. Me pregunto si no seré yo quien lo espía a él, en vez de ser él quien me espía.

En tal caso, la curiosidad constituiría uno de los nuevos vicios que la vejez ha desarrollado en mí. No espié ni a mi mujer, ni a mis hijos, ni por supuesto al servicio, en ningún momento de la larga etapa en que viví en familia. Ordenaba sus vidas, eso sí, y daba por supuesto que poseía autoridad suficiente como para que ese orden que yo imponía nadie fuera capaz de conculcarlo, porque era el orden que exigían los hechos, su razón.

Nadie –ni siquiera mis amantes– me acusó nunca de celoso o vigilante. Acepté sin sospechas que Eva no me acompañase en los viajes. Mis hijos se limitaron durante años a entregarme los boletines de estudio con las notas, y a justificar las razones las veces en que no fueron satisfactorias. Yo me limitaba a vigilar algo en apariencia más prosaico, pero que constituía el verdadero corazón de la estabilidad en que vivíamos.

Vigilaba celosamente las cuentas bancarias,

los albaranes, el cumplimiento de pagos y cobros de facturas, los planos, los materiales, el trabajo de capataces y arquitectos y los plazos en las entregas de las obras. Siempre he pensado que el matrimonio supone un reparto de funciones, un contrato mediante el cual cada parte asume unas responsabilidades, ha de atenerse rigurosamente a unas reglas, y yo me atuve a las mías y creí con fe ciega que los demás se atenían a las suyas.

En mis cada vez más espaciados viajes a Misent, aún me siento en la butaca de cuero que fue mi preferida y le pido a Ramón que levante las persianas y me lleno de recuerdos que busco que sean objetos perfectos, cristales exentos de la densidad envolvente de la memoria. Y me pregunto por qué no puede haber recuerdos sin memoria.

Eva bailaba muy bien. «Me da la vida. El baile me da la vida», me decía, mientras la llevaba cogida de los hombros, de la cintura o de la mano, hacia la pista. Tenía una rara facultad para desaparecer y al mismo tiempo envolverte. Se derrumbaba sobre mí, dejaba caer la cabeza sobre mi hombro y, sin embargo, yo no notaba su peso. Ella estaba en torno a ti como un bienestar.

Incluso en los tres primeros años que vivimos en Madrid, y a pesar de las dificultades, encontrábamos suficiente humor y dinero para ir al baile. Claro que por entonces aún no habían nacido los niños y cogíamos el tranvía los domingos por la tarde y bajábamos a las terrazas que instalaban cerca del Manzanares, donde acudían a bailar los obreros. En aquel ambiente, el estilo de Eva, su elegancia, la hacían brillar como una diosa. Sólo más tarde empezamos a frecuentar Copacabana, Pasapoga o Casablanca, sitios a los que continuamos yendo, ya casi a escondidas, años después, cuando lo que se había convertido en habitual entre los componentes de nuestro círculo era visitar las casas de los amigos, y habilitar el salón para bailar, o salir al jardín.

Fueron los años del bolero, de Agustín Lara y de Machín, y emborrachábamos nuestro amor girando abrazados en la pista y sintiendo nuestras dos caras muy cerca. Los cabellos de Eva acariciaban mi mejilla y eran las puntas más delicadas de sus dedos, su forma más exquisita de tocar. Nunca se bailó tanto en Madrid, ni se tomó tanto coñac francés, como durante aquellos años.

Llegábamos de fuera dispuestos a conquistar una ciudad en la que resultaba fácil conseguir lo imposible. Bastaba un contacto, una puerta (a veces, sólo una ventana) por la que entrar en ese mundo de negocios veloces en el que todo se vendía y se compraba con avidez: el güisqui, el champán, la penicilina, el cemento, la morfina, el caviar, la seda con diseños de París. A nosotros nos bastaron un par de direcciones de proveedores con quienes nos puso en contacto Manolo, el hermano de Eva, antes de salir de Misent, y nuestras enormes ganas de trabajar y vivir.

Luego estaba el estilo de Eva, su elegancia, que la hacía destacar entre toda la multitud de advenedizos que habían tomado al asalto la ciudad. Porque a ella le gustaban los boleros, pero podía hablar de Mozart, pronunciar divinamente el francés, elegir unos zapatos baratos con idéntico diseño que unos de marca, lucir con estilo las joyas que había conseguido sacar de su casa, y renovarse el vestuario con gusto, confeccionándose ella misma las prendas con la máquina de coser de la pensión, una vez que se le pasaron de moda los vestidos que había traído de Misent. Incluso tuvo el arte de conseguir que en los primeros tiempos nuestras relaciones no avanzaran en su intimidad más allá de la frontera deseada, y siempre –pareciendo que lo daba todo– consiguió ocultar nuestra dirección. Cada vez que sonaba el teléfono en el pasillo de la pensión, se encargaba de cogerlo personalmente, para evitar que cualquier indiscreción pudiese poner en peligro el círculo de sombra e intimidad que manteníamos en torno a nosotros.

Dicen que los últimos diez años han sido los que han visto nacer las más rápidas fortunas de la historia de nuestro país. No creo que sea cierto. Por entonces, Madrid era un inmenso descampado sobre el que se iban levantando pilares y andamios, y había que conseguirlo todo porque no se tenía nada. Recuerdo que, a las pocas semanas de nuestra llegada, cuando vivíamos los peores momentos y teníamos que luchar para no caer en la desesperación, Jaime Ort, uno de los contactos que me había proporcionado el hermano de Eva, y a quien acompañaba en un paseo, me llevó más arriba de Cuatro Caminos, y me indicó con el índice aquel paisaje desolado de hierbas quemadas por el invierno y desmontes.

«¿Qué ves?», me preguntó. Y yo le respondí que veía un campo mísero que me hacía añorar la dulzura mediterránea de nuestra tierra. Se echó a reír. «No eres muy largo de vista, Carlos.» Le dije que si lo que me pedía era una enumeración, veía barbechos, unas chabolas protegidas por los desniveles del terreno, niños que escarbaban en los vertederos y algunos perros. Ahora, su risa se había convertido en una sonora carcajada. «Ten cuidado, no sea que los perros no te dejen ver el oro», me interrumpió mientras me palmeaba la espalda sin dejar de reírse, «porque todo esto, todo lo que abarca tu mirada, esta enorme extensión de tierra miserable, hasta aquellas montañas, no es más que un inmenso solar que está esperando que alguien tenga la cortesía de edificarlo.» Y, dándose la vuelta y poniéndose de cara a la ciudad, añadió: «Y ahí está el mercado.» Era una invitación para asociarme con él, que yo acepté. Y esa misma tarde iniciamos nuestros negocios juntos.

Por el momento, él había empezado a vender en el mercado otras cosas. A veces oigo decir que los cimientos de buena parte de las empresas españolas, sobre todo de las constructoras, se pusieron aquellos años con penicilina, con morfina o con no sé qué que llegaba de estraperlo. Puedo decir que disiento de quienes hablan así: se pusieron sobre todo con esfuerzo, con trabajo e imaginación. Y, al hablar de ese modo, pienso en Jaime Ort y en su oficina, por la que pasó de todo, en la que se cambió, compró o vendió de todo, pero, si eso fue posible, era porque detrás estaba nuestra voluntad. Y si hicimos algo que hoy puede parecer poco honesto, fue porque teníamos que salir adelante nosotros, y también un país que emergía de menos que la nada, y eso exigía con demasiada frecuencia una cierta dureza.

No eran tiempos para señoritas, aunque uno las veía crecer alrededor en una soberbia cosecha. No puedo decir –como he dicho del baile y el champán– que nunca en Madrid hubo tantas mujeres como entonces, pero lo cierto es que daba esa impresión. A quienes aseguran que aquellos fueron años de beatería e intolerancia me gustaría que hubiesen tenido la oportunidad de salir de paseo por la noche de aquel Madrid de la mano de Jaime Ort. La ciudad era una crisálida que estallaba en ciertos lugares en los que abrían las alas de su seducción millares de deslumbrantes mariposas. Revoloteaban alrededor de ti en todos los lugares donde se movía el dinero. Florecían en apartamentos, en casas de citas, asomaban sus uñas esmaltadas por encima de las barras de los bares americanos, sus dedos largos envueltos en humo, te miraban con ojos de fuego desde la pista de baile o desde detrás de un piano cuyas notas respiraban nostalgia de no se sabe qué.

Con Jaime Ort frecuenté Chicote y O'Clok, La Villa Rosa y Pidoux. Él me enseñó a mirar y reconocer entre las luces de neón, y también, que no hay más centro del mundo que uno mismo. No digo que no bebiésemos de la ciudad que se nos ofrecía en una copa cegadora, pero jamás perdimos de vista que, si frecuentábamos esos lugares, era porque allí se llevaban a cabo buena parte de nuestros negocios, y allí estaban nuestros clientes, nuestros acreedores, nuestros posibles socios y nuestros competidores. Ahora veíamos de cerca el mercado que él me señaló a distancia una tarde en los alrededores de Cuatro Caminos.

«Ganamos dinero para nosotros, no para dejárselo en el camino a los demás, y lo gastamos únicamente para poder seguir ganándolo», me decía. Era una forma de ver el mundo que caía sobre mí como la lluvia cae sobre un campo abonado. A lo mejor porque sólo alguien que viene desde abajo y que busca su posición puede entenderla como yo la entendí. Ahora pienso que, si no logré inculcársela a mi mujer y a mis hijos, no fue por incapacidad mía, sino porque ellos (ni siquiera Eva en los primeros tiempos de Madrid) nunca tuvieron la conciencia de estar abajo.

Y cuando pienso así, me explico la amargura que me invade a veces, la certeza de que Eva les transmitió a mis hijos una despreocupación heredada de la que yo nunca he podido participar y que me ha alejado de ellos. Después de tres años de pelea incesante, a fines de 1948, compré el terreno de la casa de la Fuente del Berro, esta en la que ahora vivo y escribo, y, pasados unos meses, inicié su construcción, aunque pensaba todavía que mi estancia en Madrid iba a ser una etapa provisional antes del regreso definitivo a Misent.

Dos años más tarde, Ort y yo habíamos abandonado todos los negocios dudosos, la nueva casa había sido amueblada y Eva había contratado a nuestra primera cocinera. Cuando nació Manuel, todo estaba a punto, porque, como repetía Eva con gracia, «no hubiera sido correcto que llegase el pajarito antes de que estuviese hecho el nido».

Durante los meses que siguieron, cogíamos al niño en brazos, y bailábamos así, los tres juntos, en el salón de casa, los boleros que Eva ponía en la gramola, aunque, para entonces, yo había pasado un par de días con Elena en un chalet de la sierra y el doctor Beltrán se había convertido en nuestro médico de cabecera, y nos regalaba placas de música clásica que él conseguía que le trajeran del extranjero.

(7 de agosto de 1992. ¿Por qué no fechar las anotaciones en este cuaderno y convertirlo, al tiempo, en una especie de diario?).* De nuevo, esta tarde la ciudad vive aprisionada por el bochorno. Desde hace unos días se repiten el calor asfixiante y unas tormentas que llegan cargadas de gran aparato eléctrico.

Desde el sillón de mimbre en el que dormitaba he visto pasar una bandada de palomas. Luego ha empezado a llover. He pensado que también los animales participaban de una desa-

*¿Para qué he empezado a escribir?, ¿para quién? Quizá sólo para responder a unos papeles de Manuel que encontré el otro día mientras registraba en la habitación que ocupó años atrás, después de su divorcio, en los días en que Eva se moría en el hospital, y cuya lectura me llenó de tristeza. Escribió esas páginas y luego las olvidó sin pensar en el daño que podía causarme. Hasta en eso se parece a su madre: sus descuidos son una forma de desconsideración hacia los demás, de superioridad.

zón semejante a la que yo sentía, como si la cabeza fuera a estallarme. El universo forma una unidad y los seres que lo habitamos participamos misteriosamente de sus estados de ánimo, de su energía. Ramón y yo.

La tormenta ha perturbado durante un instante nuestro equilibrio. Buscaba yo la caja en la que guarda Ramón mis tranquilizantes, y no he sido capaz de encontrarla. Tal vez influida mi sensibilidad por la desazón que parecía presidir la tarde entera, la búsqueda de esa caja ha ido levantando ante mí una imagen de la vejez que me ha desagradado profundamente, o que, por decirlo sin circunloquios, me ha asustado.

Ya digo que probablemente ha influido el bochorno, pero lo cierto es que, mientras procedía a la búsqueda infructuosa, he ido excitándome, he empezado a notar que me temblaba todo el cuerpo y, al final, me he descubierto, sudoroso y lleno de rabia, de rodillas ante uno de los muebles del cuarto de baño. Al verme así, reflejado en el espejo, me he incorporado presa de enorme angustia y he pulsado el timbre que me comunica con Ramón y que, instalado en los lugares estratégicos de la casa, suena en la cocina, el cuarto de plancha, el jardín y la buhardilla.

Generalmente, en cuanto hago sonar ese timbre, Ramón aparece de inmediato y, sin embargo, como si la perturbación atmosférica tuviese que influir también en el acuerdo doméstico que nos une, hoy no se ha presentado. Hasta tal punto parecían caer en el vacío mis insistentes llamadas, que he llegado al pie de la escalera que conduce a la buhardilla, y desde allí las he repetido, esta vez de viva voz, sin obtener tampoco respuesta. La alarma se ha apoderado de mí y he dudado en si debía subir yo mismo a la buhardilla, pero al levantar la vista, me ha vencido el desánimo.

No es que me venciese el desánimo de la pereza. Al fin y al cabo, subir todos aquellos peldaños podía haberme servido como ejercicio de relajación ahora que ya se precipitaba sobre la ciudad una tromba de agua que, al golpear sobre las hojas de los árboles del jardín y en los vidrios de las ventanas, me proporcionaba el deseado sedante. No, no era ese tipo de cansancio, sino otro lejano que me llegaba desde los días en que discutía con el arquitecto los planos mientras se iniciaba la construcción de la casa. De repente, me ha vuelto la razón de cada uno de los detalles de esa escalera, que es ancha, de escalones bajos y barandilla alta, precisamente porque desde el principio Eva y yo pensamos en habilitar la buhardilla como cuarto de juegos y estudios de los hijos que íbamos a tener, y buscamos la mayor seguridad en su dibujo.

Con el fin de que sirviese de almacén o desván, arreglamos un pabelloncito que da sobre la tapia trasera y que era la única edificación con que contaba la finca cuando la adquirimos y en la que los antiguos propietarios habían guardado útiles y herramientas y también algunos muebles que interesaron particularmente a Eva, ya que entre ellos había piezas isabelinas, alfonsinas y de no sé qué otros estilos. Nosotros decidimos darle al pabellón idéntico uso, puesto que, según los planos que trazamos para la casa, quedó situado en un lugar muy cómodo y también muy discreto, en la zona menos noble, a espaldas de la cocina. Cubierto de yedra y galán de noche, resultaba, además, casi invisible. Junto al almacén respetamos un desnivel de escasa profundidad y bastante ancho, que los antiguos propietarios habían utilizado para quemar hojas secas y maleza y que aún hoy Ramón utiliza con el mismo fin.

Mantuvimos pues el almacén en esa edificación de tamaño más que regular y levantamos un pequeño cenador junto al ala derecha de la casa, al borde de la piscina. Dos de las cuatro fachadas del cenador estaban formadas por paneles de vidrio que se recogían cuando llegaba el buen tiempo, dejando circular libremente el aire en el interior de la pieza. Eva utilizaba sobre todo en otoño esa construcción que había sido pensada como buffet para el verano. Era su sala de lectura predilecta. Ordenaba encender la chimenea y pasaba allí tardes enteras, levantando de vez en cuando la mirada de las páginas del libro para posarla sobre las hojas marchitas de los árboles iluminadas por el suave sol de octubre.

Le gustaba leer en voz alta. Con frecuencia me distraía de mi trabajo para leerme una página de una novela, un poema, o una noticia del periódico. «No me estás haciendo caso», se quejaba, aunque yo me esforzaba por mantener un gesto de atención que a ella nunca le parecía suficiente. Años antes me había tocado a mí leerle a su hermano Manolo, pero aquellas lecturas formaron parte de un ambiguo contrato en el que se mezclaban las obligaciones de amistad con las estrictamente laborales. En mi mente esas lecturas en alta voz se habían asociado en los primeros tiempos de mi relación con la familia con una actitud lejana, superior, muy característica de todos ellos, y esa sensación volvía a asaltarme al ver a Eva rodeada de libros y escuchando música en el cenador. Si días atrás escribí en este mismo cuaderno que jamás fui celoso, tendría que matizar esa afirmación, porque sí que tuve muchas veces celos del cenador, de los libros y de la música, que la alejaban de mí, o por ser más preciso, que me demostraban que mi acercamiento a ella se producía sólo en determinadas parcelas, pero que dejaba también enormes vacíos que nunca iban a colmarse.

La visión de la escalera de la buhardilla me ha traído la inmensa desolación de esos territorios que nos alejaban, que siempre estuvieron ahí, separándonos, aunque en los mejores tiempos nos esforzáramos en llenarlos con aportes de afecto. He vuelto a ver a Eva sentada en el cenador y a escuchar un vago eco de música, y la he visto tumbada sobre la alfombra de la buhardilla leyéndole cuentos a Manuel antes de que él aprendiera a hacerlo por sí mismo. Le leía durante horas, sin fatigarse, manteniendo el mismo calor en la voz, marcando la entonación, el ritmo, y escenificando un poco cuando era un personaje quien hablaba; entonces, su voz se volvía ronca y amenazadora si se trataba, por ejemplo, del lobo, y cristalina si era un hada o una princesa.

Ramón me ha encontrado allí, al pie de la escalera, con la mano apoyada en la barandilla y un gesto de abatimiento que lo ha alarmado. «¿Se encuentra usted mal?, ¿le ocurre algo?», me ha dicho, y se ha puesto luego a darme explicación de las razones de su tardanza: se había dormido, estaba desnudo («por el calor, ¿sabe usted?», me ha dicho), y ha tenido que vestirse antes de bajar. Me ha producido una extraña sensación esa palabra, «desnudo», porque no he podido rechazar de mi cabeza la imagen de su cuerpo robusto, allí tendido sobre un colchón, en esa buhardilla que para mí sigue siendo un depósito infantil de muñecas, trenes, soldados, hadas y princesas, y que en mi memoria aún huele a colonia de baño.

Desde que Ramón vive en la casa, jamás he subido a la buhardilla y soy incapaz de imaginarme qué orden habrá él impuesto allí. La imagen de su cuerpo desnudo y el desconocimiento del estado actual de esa zona de la casa que durante años fue la más querida, me han llevado a reflexionar acerca de cómo la vejez sigue haciendo crecer el proceso de extrañamiento, de pérdida. Uno pierde facultades, pero también espacios: lugares que ya no se frecuentan, habitaciones que no se abren, rincones del jardín que no piso.

Por vez primera desde que él está aquí, lo he sentido como un extraño. No como parte del servicio de la casa, que es como he visto siempre a criados, jardineros o cocineras, sino como un cáncer que ha empezado a crecer y ha infectado ya una parte de la vivienda. La tormenta expulsando del cielo las palomas. Ahora, la buhardilla son sus enormes pies desnudos y sus piernas poderosas rompiendo el aire. He sentido curiosidad por saber cómo habrá decorado las paredes, si tendrá fotografías de la familia en la mesilla, o paisajes, o alguno de esos carteles de revista pornográfica que le darían a la habitación un aire cuartelario. No llego a imaginarlo, aunque viéndolo tan cuidadoso y ordenado, pienso más bien en una decoración de esas que se consideran de buen gusto entre los pobres con pretensiones: ramos de flores secas, un arlequín, cosas así.

La verdad es que ésa debía de ser la idea que yo inconscientemente mantenía –la del arlequín y las flores– hasta que esta tarde le he escuchado decir la palabra «desnudo». La violencia de su cuerpo me ha golpeado poniendo a la luz esa contradicción que siempre está presente en él: su amaneramiento, su cuidado casi femenino de las cosas y de sí mismo, y al mismo tiempo su robustez. Viéndolo se tiene la impresión de que sus actos los ejecuta alguien que no es él, y sólo en los momentos en que poda o cava el jardín o se somete a algún ejercicio físico parece que se produce la reconciliación de los gestos con el cuerpo que los lleva a cabo.

Mientras escribo estas frases, descubro que

también en Eva había gestos que parecían no corresponderle. En el amor le ocurría eso: siempre tuve la intuición de que los gestos animales que el amor exige, las posiciones forzadas y hasta podría decirse que humillantes, no le pertenecían. Estaba en la cama con ella y tenía la impresión de que había mandado a una suplente, algo así como un caparazón de sí misma. Mientras yo golpeaba contra ese caparazón, la verdadera Eva se quedaba leyendo en una butaca, siempre con el fondo musical de aquellas placas que el doctor Beltrán le regalaba.

De ahí la rotundidad de mis primeros encuentros con Elena, porque el amor nos exigía los movimientos que nuestros cuerpos sabían; aún más, los únicos movimientos y gestos en los que nuestros cuerpos se reconocían desde siempre. Esos que se ponían en cuclillas, que se pasaban la lengua a través de los labios, que metían los dedos en los lugares más sórdidos y gemían y suspiraban con un ritmo entrecortado, éramos la única verdad de nosotros mismos, y todo lo demás, la máscara que los otros nos imponían.

Nos conocimos en 1948, en una fiesta a la que había acudido con Ort. Elena, que trabajaba como intérprete, estaba allí por razones de amistad con la hija del propietario de la empresa que organizaba la fiesta. Si fuera ahora, podría decirse que se trataba de una feminista, porque era una de esas mujeres que dio la Sección Femenina, y que fumaban, bebían y jugaban al tenis: un cúmulo de actividades anormales para la mayoría de las mujeres de entonces. A simple vista reconocimos nuestro deseo.

Desde mi boda con Eva yo no había tenido más relaciones fuera del matrimonio que las que me proporcionaron unas cuantas noches de copas con Ort que terminaron en la cama de alguna golfa. Pero Elena no era una golfa: era un cuerpo que se convertía entero en sexo. Nos reconocimos enseguida, a lo mejor porque yo también necesitaba una sinceridad o una brutalidad física que la delicadeza de Eva no me permitía. Con Elena viví la sinceridad.

La primera noche abandonamos la fiesta juntos. Ort me dejó las llaves de su automóvil y las de un chaletito cerca de Las Matas. Elena se sentó desnuda en la cama y yo me arrodillé frente a ella. Abrió su sexo para mí y hundí mi rostro en él. Era la primera vez que bebía de un sexo: con las prostitutas siempre había sentido asco y a Eva no me había atrevido a pedírselo nunca. También sabía que esa pasión no hubiera sido buena para mantener la estabilidad en casa y que su lugar estaba fuera del matrimonio como un complemento necesario.

No. Desgraciadamente, los recuerdos no son neutros, ni apenas útiles: ni siquiera se reducen a una sucesión de estampas como las colecciones de cromos que hacía Manuel en su infancia: futbolistas, fauna salvaje, maravillas del mundo, Los Diez Mandamientos. Los recuerdos tienen un orden, un antes y un después, el tiempo de las heridas y el de las llagas que siguen supurando durante años sin que nada pueda sanarlas.

El sexo con Elena me pareció al principio una fruta madura y, luego, durante años, se me ha aparecido como un pájaro herido. A los recuerdos sólo se los disimula con nostalgia, y la nostalgia es estúpida como esa decoración de arlequines que había yo imaginado en el cuarto de Ramón hasta que le descubrí, con una palabra suya, el cuerpo.

Elena, la avidez. Me despierto durante la

noche, e intento recordar los rasgos de su cuerpo, el tono de su voz, y no lo consigo. Líneas grises que se desvanecen si cierro los ojos y que no están si los abro, manchas trazadas sobre papel mojado. Siento la materia de la que estaba hecha Elena, pero no su forma, su orden que era mi avidez desordenada.

A veces me pregunto cómo habría sido mi vida con ella, y también por qué no se me pasó nunca por la cabeza que pudiera llegar a ser. La primera noche, mientras intentaba servirle otro güisqui en el chalet, se fue la luz y una de las copas se estrelló contra el suelo. Oí su risa en la oscuridad y allí mismo, de pie, empecé a morderle los pezones. Tenía ganas de llorar. Lo hice luego, con mi cabeza entre sus muslos, la sal de mis lágrimas confundida con la de su sexo. Se retorcía sobre mí, me tiraba del pelo y yo lloraba entre sus piernas porque tenía la impresión de que la vida y la felicidad estaban allí y que bastaba un gesto para capturarlas y que yo no sabía cómo hacerlo.

Mientras se vestía, ya con las primeras luces del día entrando por la ventana, le dije: «¿No tienes miedo?» Se volvió para mirarme. «¿De qué?», preguntó. «De que te tome por una cualquiera.» Se echó a reír y me llamó «puta» y yo la desnudé precipitadamente otra vez. Y al tiempo que iba arrancándole la ropa, pensaba que Eva me despreciaba tanto que ni siquiera había intentado joderme.

Pero ¿por qué escribo esto?, ¿por qué me dejo poseer por los recuerdos, por las heridas abiertas?, ¿por qué me humillo sin que nadie me lo exija? Entrar en una herida abierta, palpar sus bordes, sentir que sus bordes son los cabellos de Eva rozándome la cara, sus brazos flotando por encima de mis hombros mientras bailamos un bolero en el salón del doctor Beltrán, que está lleno de amigos de los que ella se ha ido rodeando, eligiéndolos cuidadosamente, como con pinzas, y que todos resultan útiles para mis negocios, pero que ninguno se me parece.

Esa noche, Ort ya no está. Ya no lo invitan, porque resulta demasiado vulgar cada vez que saca la cartera y enseña un fajo de billetes atado con una goma, cada vez que enciende un cigarro y agita la cerilla en el aire para apagarla. No: Ort ya no viene. Seguimos siendo socios en algunos negocios, nos vemos algunos días a la hora de comer, hablamos ante una copa: de dinero, de putas o de fútbol. A veces me presenta a alguna de sus amigas, que son todas como muñecas infantiles, niñas escuálidas a las que le gusta aplastar bajo su peso cada vez superior.

Ort tiene una vitalidad desbordante, que le hace estallar los botones de las camisas, que le hincha las chaquetas, que le colorea el rostro por encima del bigote, y esa vitalidad desentona en las fiestas que dan los amigos de Eva, y a Eva misma parece asfixiarla Ort nada más que con su presencia, como yo imagino que asfixia a sus muñecas rubias bajo el peso del cuerpo creciente. Claro que Eva lo ha ido acorralando poco a poco. Ha anotado y me ha hecho ver cada uno de los gestos de Ort que no le resultan adecuados, ha guiñado imperceptiblemente los ojos con desagrado cada vez que él ha levantado la voz por encima de lo socialmente tolerable, ha venido a contarme cada palabra grosera que él le ha dicho a alguna de las amigas de la casa aprovechando el instante de relativa intimidad que, en medio de una reunión tumultuosa, puede conseguirse en un pasillo, en un rincón.

Al principio, sí. Al principio es el maestro, el que nos enseña dónde está cada cosa en Madrid, y el modo de conseguirla, el que nos guía en un laberinto, el que nos invita a comer porque advierte, no se sabe cómo, que nuestra economía va aún peor. Lo hace siempre discretamente, fuera de su casa, sin que se enteren ni su mujer ni la mía. Nos lleva a algún restaurante y, al final de la comida, cuando Eva se levanta para arreglarse en el tocador, me tiende un par de billetes de mil pesetas.

Eva telefonea continuamente a su mujer, salen juntas, van al cine, de compras, o a tomar un café en la Gran Vía. Ort es el único que pisa en un par de ocasiones la pensión en que vivimos durante los primeros meses: es el único que no importa que la pise. Lo sabe todo. El único a quien Eva invita a comer en el miserable piso al que nos trasladamos después. Charla con él, recibe con agrado los cumplidos sobre las hábiles manos de la recién casada que, a pesar de venir de buena familia y de ser una damita, hace unas croquetas riquísimas y prepara un cocido para chuparse los dedos.

Después, poco a poco, las relaciones se enfrían. Eva sabe cómo enfriar las relaciones. Sigue saliendo de compras con su mujer, pero a él ya no lo llama, ni lo invita, y la nueva casa la visita Ort en varias ocasiones mientras se están llevando a cabo las obras, pero una vez concluidas pasa un tiempo antes de que Eva los invite a los dos, a la mujer y a él, y les vaya enseñando las habitaciones, y les abra las puertas una por una, pero no las de casa, porque no los llama a la hora de comer, sino a la de la merienda, y los sienta en el salón, y es la criada quien sirve, y Eva y la criada cuidan cada detalle al milímetro, todo exquisito, medido, como dejando claro que en aquella casa ya nada será igual. No vacila en sentarse al piano y tocar alguna pieza, a la espera de que ellos bostecen, y la despedida se prolonga hasta la hora de la cena, pero Eva no les pide que se queden, y así ya les ha marcado que allí se va con un fin determinado, y nada más que con ese fin: a cenar, a merendar, a comer; es decir, exclusivamente a aquello para lo que se ha sido invitado.

Sin embargo, resulta curioso, pero no será Eva la que defina la carencia de Ort. Lo hará Elena, meses más tarde, cuando ya las llamadas de Eva a la mujer de mi socio son esporádicas, aunque igual de calurosas que siempre. «Hija, llevamos un montón de tiempo sin vernos. Mañana por la tarde. Quedamos en Callao. Donde tú quieras. Sí, ahí, en el Capitol, como en los viejos tiempos.» Y, de repente, los viejos tiempos son sólo la constatación de que éstos son ya otros tiempos, con otra manera de trato y otra relación.

Ni Ort ni yo queremos enterarnos. Pensamos que son cosas de mujeres, o ni siquiera pensamos en nada. Yo, en mi caso, no creo que lo vea, que vea cómo nos estamos alejando. Nosotros dos nos reímos igual que siempre, hablamos de los muslos de las mujeres que caminan por la acera mientras cruzamos Madrid en automóvil: la calle Goya, Serrano, Alcalá. Ort ha empezado a dedicarse más a las importaciones, aunque siga construyendo frenéticamente, pero separamos poco a poco las empresas, las mías y las suyas. Escribo que no nos enteramos, pero de algo sí que tenemos que darnos cuenta, porque buscamos trabajar más cada uno por su lado.

Una tarde le comento que he quedado a cenar con Elena y me propone que vayamos juntos. Llevará a una de sus muñecas. Cenamos en un restaurante de la Cuesta de las Perdices y, después, nos dirigimos al chalet. Hemos bebido más de la cuenta y, aunque Elena me ha parecido susceptible durante la cena, todo parece discurrir en armonía, hasta que, en el chalet, empiezan las risas, las bromas y, de repente, Ort, la muñeca y yo nos quedamos medio desnudos en el salón. Ort se acerca a Elena, que ha ido alejándose del grupo, y la anima a que participe. Pero Elena se levanta y se va al servicio. Voy a buscarla. Está sentada en el borde de la bañera fumándose un cigarrillo. Me dice: «Vámonos ahora mismo.» Nos vamos sin despedirnos. En el salón suena la música y Ort y la muñeca se empujan sobre la alfombra. De vuelta a casa, en el automóvil, dice: «A ese tío le falta estilo.» Lo ha definido.

Ella lo tiene. Su madre es viuda de un diplomático y sus hermanos son militares y hombres de negocios. Los conozco. Hemos coincidido a veces en sitios. Pero, aunque no los conociera, sería igual: a ella se le nota el estilo en cómo enciende el cigarrillo, en el color del esmalte de las uñas, en el corte de la chaqueta y en cómo cruza las piernas. Paramos en la carretera y hablamos. Me dice: «Hoy sí que me has tratado como a una cualquiera.» Y yo le respondo: «Trátame tú como a una puta. Fóllame.» Lo hace. Se sienta sobre mí, me muerde los pezones, me abofetea, me golpea en las nalgas. Me folla.

La carencia de Ort: el estilo. Es carencia su exceso, que a mí me atrae. A Eva la aplasta la voluminosa presencia de Ort, a mí me parecen enfermizas las reuniones de Eva. Su amiga Magda, el eterno doctor Beltrán. Van a los conciertos. A las exposiciones. Eligen los cuadros de la casa. Cambian cada poco tiempo la decoración. La mujer del doctor Beltrán tiene un aspecto quebradizo, de vegetal seco. Se sienta durante horas en una butaca: los mira a ellos tocar el piano, subirse a una escalera para cambiar el Pinazo al saloncito y, en su lugar, colgar telas estridentes que a mí me chocan todavía. Aún no sé que son un Tharrats y un Miró. En las reuniones se discute frecuentemente acerca de esos cuadros y hay enfrentamientos porque unos los encuentran modernos y atrevidos, mientras que otros dicen que son esnobs y antipatrióticos.

Eva viaja a Misent en un par de ocasiones. Yo no quiero acompañarla, aunque tampoco pueda decirse que ella me insista excesivamente. Se han reanudado las relaciones con los Romeu, y Eva vuelve de su segundo viaje acompañada por su madre. En realidad, yo me siento orgulloso de que doña Carmen Romeu vea lo que hemos sido capaces de hacer sin ellos, pero no siento cariño: sólo rencor. Nunca me curaré de ese rencor. Por más que quiera, que escriba, es el rencor el que da origen a estos papeles, o no, no sé, tal vez el deseo de piedad para todos nosotros: para ellos y también para mí.

La relación se ha reanudado a partir del nacimiento del niño. Eva y yo nos decimos que no es justo que ignoren que tienen un descendiente, pero los dos sabemos –sin decírnoslo– que lo que ocurre es que si nuestro ascenso y la nueva casa son «el nido» del recién nacido, también son el certificado que nos permite demostrarles su error, su falta de perspectiva. Es como decirles que Eva acertó en su elección al casarse conmigo y que ellos, al oponerse, se equivocaron. Por eso les escribimos una carta, comunicándoles el nacimiento y también que al niño le hemos puesto el nombre de Manuel como homenaje a Manolo, el hermano de Eva.

Recibimos su respuesta pocos días más tarde. Nos dan la enhorabuena, nos envían ropa y juguetes para el niño, expresan sus deseos de conocerlo, de que «pronto podamos volver a reunirnos» y también nos comunican que Manolo no ha podido participar de «la alegría de la feliz noticia, porque, cuando recibimos vuestra carta, el pobre estaba ya en coma». Ha muerto un par de días más tarde, sin recuperar la consciencia, «aunque», añade la carta, «seguramente desde el cielo nos bendecirá a todos y muy en especial a esa criatura inocente».

El día en que llega el envío, me voy de casa. Busco a Ort, lo necesito. Tengo que contarle que ha muerto Manolo, abrazarlo, sentir que aún me queda algo de entonces, de lo que he sido, y esa noche sí que terminamos los dos desnudos en el chalet con una de sus niñas, y la aplastamos entre los dos y la jodemos como si plantásemos algo allí dentro: una semilla. Mientras nos abrazamos los tres sobre la alfombra, yo siento una vez más que la falta de estilo de Ort no es carencia, sino exceso, y sé que ese exceso de vida se me ha escapado ya, y que aquella ceremonia se parece más a un entierro que a una siembra. Enterramos nuestros cuerpos en una frágil cajita pálida que gime como un recién nacido a cada embestida y que, en el mismo tono de voz en el que gime inocente, formula deseos con lengua de poseída por el diablo.

Allí dentro se quedan nuestras ilusiones y creo que lo sabemos los dos. Yo, al menos, lo sé: ya no volveremos a vernos más que de refilón. De lejos. Ort y yo seguimos caminos diferentes. A veces me lo encuentro a la salida del fútbol y buscamos un bar donde tomar una cerveza, y decimos: «A ver qué día de éstos quedamos con tiempo.» Pero no quedamos. Ahora lo pienso: Ort no cabe en el salón de Eva porque se enseña en exceso, no se oculta tras un piano, ni se cubre con una tela pintada por una firma cara. Se enseña como es y eso no vale en el círculo. Lo veo. Lo estoy viendo. Es curioso, pero el cuerpo de Elena, que me volvió loco, no consigo verlo, y en cambio veo el de Ort: los puños de sus camisas, sus gemelos llamativos, las manos enormes que apartan los muslos de la muñeca.

Una palmada en el hombro. Un abrazo de compromiso. «A ver qué día nos vemos más despacio.» No llegó ese día. Ni siquiera en el velatorio pude quedarme más que unos minutos. «Dame un beso, Rosa (a su mujer). Sabes lo mucho que lo hemos querido.» Cuando dije «hemos» supe que lo traicionaba. Estaba allí, corpulento, en el interior de la caja forrada de rojo, y no pude evitar el pensamiento de que pronto empezaría a transmitirle a la tierra su exceso de vida, su falta de estilo.

Vuelve la memoria como un enemigo al que nunca se derrota. Yo no aceptaba que esta casa, que había concebido como domicilio provisional y como inversión inmobiliaria, se convirtiera en hogar definitivo. Quería que la familia viviese en Misent. Y ya me imaginaba a mí en Madrid, dedicado a los negocios y cuidando mi relación secreta con Elena; y a Eva y a los niños, protegidos en un lugar junto al mar que había elegido y en una casa que ya había empezado a dibujar en mis ratos libres. Al principio, Eva me hacía ver que compartía mi ilusión por el proyecto, pero creo que a medida que empezó a darse cuenta de que era posible, una vez que nos reconciliamos con su familia, se desinteresó.

Se había acostumbrado a la libertad que le ofrecía Madrid, a un círculo de amistades que se iba extendiendo en torno a nosotros como una mancha de aceite, y la soledad de la Punta Negra debió de parecerle más una cárcel que un refugio. Yo no me di cuenta. Habíamos hablado tantas veces del proyecto, que ni siquiera se me pasó por la cabeza que ella ya no fuese la misma.

Me limité a interpretar su desinterés como temor. Yo creí que tenía miedo de volver al cerrado mundo familiar del que habíamos huido. Ahora, en la memoria, qué claridad. La casa de Misent, con su jardín abandonado, me parece un testigo irónico de mis errores. Eva y Julia ya no están; Roberto vino luego y no vivió aquellos años felices; a Manuel ya no lo tengo: es como si no estuviera. A veces ordeno las fotografías en que aparece, y lo hago siguiendo un hilo cronológico: fotos en las que posa desnudo sobre un cojín, mirando hacia la cámara con unos ojos redondos como dos bolas de cristal, fotos en las que cabalga, vestido con un trajecito marinero, sobre un caballo de cartón, y otras en las que aparece, generalmente ya con Julia a su lado, jugando en la playa de Misent. La foto con el barco de vela, las de la primera comunión.

Luego, los testimonios fotográficos se vuelven más escasos y, entre una y otra instantánea, sus rasgos sufren notables alteraciones y yo tengo la impresión de que, en ese ordenamiento, se alejan cada vez más de los míos, y mis pensamientos oscilan entre la sospecha de que su semejanza conmigo en la lejana infancia fue sólo una ilusión y el miedo de que, después de tantos avatares, y sobre todo después de aquella triste discusión en la clínica a la que se refiere en su cuaderno, mi inconsciente se haya esforzado por poner en primer plano las diferencias, o por ver las que no existen más que en la incomprensión y el resentimiento.

«Mezquino hasta el final», escribió Manuel, refiriéndose a mí, aquella misma tarde en su cuaderno, como resumen de la discusión que habíamos mantenido cuando yo protesté porque habían convertido el cuarto de la clínica en un salón, con todas aquellas visitas y la complicidad permanente del doctor Beltrán. Esa frase parecía el negativo de la esperanza que había abierto al nacer, porque el nacimiento de Manuel puso orden en nuestra vida y vino a cerrar buena parte de las heridas de los recuerdos, por más que las reconciliaciones que propició, tanto con mi familia como con la de Eva, fuesen frágiles: suficientes, sin embargo, para que pudiéramos seguir adelante. A medida que la casa de Misent iba creciendo en altura y su espacio se ordenaba mediante los tabiques que le nacían dentro, yo pensaba a veces que Manolo, el hermano de Eva, seguía ejerciendo su influencia benéfica a través del niño que llevaba su nombre.

Volví a pisar la casa de mis padres, aunque mi padre siempre se adelantara a coger al niño y cuando me dirigía la palabra lo hiciese mirándolo fijamente a él. Nunca me dijo: «Vendrás a comer con nosotros.» Decía: «Traerás al niño a comer a casa.» Y yo me sentaba en la mesa como acompañante y entendía que era su orgullo el que nos impedía hablar.

Tampoco con mis suegros sellamos por completo el agravio, y si mi suegra, más positiva, me llamó hijo desde su primer viaje a Madrid, mi suegro mantuvo el tú despectivo al que me había acostumbrado durante el tiempo que me tocó trabajar para él, y en la mesa no vacilaba en servirse el primero y en ponerse a comer antes de que la sopa hubiera llegado a mi plato, como dejando claro que yo seguía formando parte del servicio, aunque ya por entonces fuese yo, y no él, el propietario de la Consignataria

Romeu, del Garaje Romeu y de la Joyería Romeu, y tuviera que pasarles una pensión disfrazada de pago a plazos por la adquisición de su emporio, porque ellos estaban absolutamente arruinados.

Él nunca aceptó que yo entrase como un igual suyo en aquella casa, no admitió que tenía la suficiente fuerza de voluntad para acabar siendo como ellos, para estar incluso por encima de ellos. No es de extrañar, porque, en el fondo, don Vicente Romeu pensaba exactamente igual que mi padre. Para ambos, yo no era más que un oportunista con escasos escrúpulos. Mi padre sentía el oportunismo por abandono, y don Vicente Romeu por intromisión.

De no haber sido por Manolo o, mejor dicho, por la enfermedad de Manolo, yo nunca hubiera pasado de ser el muchacho recién licenciado del ejército que le traía la tartera con la comida al contable, un maestro republicano a quien don Vicente había sacado de la cárcel y a cuyo hijo ocupaba la familia Romeu en algunos quehaceres. Pero Manuel se fijó en mí y empezó a utilizarme para llevar el correo y para ayudarle a revisar algunos pedidos. Me tomó una simpatía que fue creciendo a medida que se desarrollaba en él la enfermedad que lo dejó en una silla de ruedas primero y que luego acabó llevándoselo en plena juventud.

La enfermedad estrechó mis relaciones con la familia, ya que Manolo me convocaba a su despacho cada vez con más frecuencia, y allí yo le ayudaba en el trabajo, y una vez concluida la tarea de la tarde, me pedía que me quedase con él para jugar al dominó o a las damas, o para leerle los periódicos y libros que empezaba a sostener entre las manos con dificultad. En algunas ocasiones, Eva y doña Carmen participaban en nuestros entretenimientos y, las tardes en que nos quedábamos solos porque las mujeres salían de compras o al cine, Manolo me hacía caminar ante él y me pedía que me acercara a su silla y me tocaba los músculos de los brazos y de las piernas y me decía: «Carlos, cómo envidio tu fuerza, tu salud.»

Yo sentía afecto por él. No creo que nadie pueda decir que mis atenciones fueran sólo fruto del cálculo, por más que la necesidad nos llevase a todos a mirar dónde podíamos encontrar un resquicio de futuro. Manolo fue el único cómplice con que contamos Eva y yo en nuestra relación. «¿Crees que vas a encontrar a alguien que lleve mejor tus empresas?», le dijo a su padre. Pero él le respondió que, de momento, sólo quería un yerno y que al administrador ya lo encontraría en el mercado.

Don Vicente habló con mi padre, le contó que yo pretendía nada menos que casarme con su hija, y mi padre dejó de dirigirme la palabra. Todo Misent estaba infectado por el mismo mal. Yo veía las miradas de soslayo, las sonrisas burlonas cuando cogía el coche de Manolo para ir a Correos, para visitar la cantera o entregar los recibos en el banco; para sacarlo a él de casa y llevarlo de paseo a algún lugar de la costa. Le gustaba que le leyera en voz alta mientras escuchaba el rumor del mar. Yo era su amigo y me había enamorado de su hermana Eva. ¿Qué mal había en eso?

Ni siquiera podía criticárseme que, con mi esfuerzo, buscase el ascenso de posición social. ¿Acaso no seguí buscándolo luego limpiamente, en Madrid, sin su ayuda ni la de nadie? ¿O es que tenía que soportar para siempre la mezcla de rencor y mezquindad en que la guerra ahogó a mi padre y que él obligaba a mi madre a compartir? Su derrota no tenía por qué ser necesariamente la mía, y si el odio no les hubiera estrechado tanto la mirada, habrían sido capaces de advertir que estaba ofreciéndoles una reparación. No quería recorrer las calles de Misent con paso fugitivo, ni quedarme durante horas con la cabeza entre las manos y la luz apagada, como hacía mi padre.

Ahora, ellos y su ceguera están aquí encerrados, en los cajones del aparador, amarillos y silenciosos, con sus velos y libros de misa, sus ramos de flores, sus miradas huidizas, u orgullosas, o perdidas. La casa de mis padres, con la persiana de madera levantada, y también la casa de ellos, el salón con las kentias y la butaca con el cuerpo de Manolo consumido por la enfermedad, ya están sólo en las viejas fotografías del cajón. Lo mismo ocurre con Eva. Y también con algunos de los que vinieron después: mi pobre Julia, cuyo plazo ya concluyó, tan pronto. Quedamos Manuel, Roberto y yo, que aún vivimos dentro y fuera del cajón, siendo la vida de fuera más frágil que la de dentro. A veces, cuando miro todas esas fotografías, me da por pensar que están allí esperando a que cese nuestro movimiento para quedarse como única verdad.

Mi pobre Julia, Manuel. A lo mejor tuve miedo de transmitirles las absurdas sospechas en que viví y eso acabó dejándoles intactos no sé si el orgullo o la candidez que yo nunca pude disfrutar. Aún hoy recuerdo cuando le leía poemas a Manolo en ese rincón de la costa donde el mar arrastra los cantos rodados y se levanta la casa en la que quise representar mis sueños. Manolo me decía: «Carlos, ya aprenderás que la poesía es necesaria porque te hace vivir por encima, en el espacio puro en que crecen los sueños y las ideas.» Hoy pienso que ése es un espacio cruel al que sólo tienen acceso quienes gozaron de una adolescencia irresponsable.

Porque ¿cómo olvidar aquel cuatro de noviembre en que mi padre se presentó en la empresa Romeu más temprano que ningún día, para demostrarle a don Vicente que él tampoco pensaba asistir a nuestra boda? De la familia de Eva no vino nadie a la iglesia. A Manolo, que estaba empeñado en acompañarnos, ya no nos fue posible meterlo en el coche y se quedó vestido con un chaqué que se le había quedado grande, y con el lazo sin hacer. Me dio a escondidas quince mil pesetas para ayudarnos a que empezáramos la nueva vida que se nos iba a venir encima en cuanto concluyera la obligada ceremonia de la boda, que se celebró en Misent, en la parroquia de la Asunción, porque a la familia le pareció menos ignominiosa una boda al amanecer, con la iglesia vacía, que una huida a Madrid sin la constancia local de que habíamos legitimado nuestra unión. Mi madre nos esperaba a la puerta de la iglesia y le dio a Eva un ramo de flores que no sé dónde habría conseguido en aquella estación del año.

Recuerdos, fechas. El viento movía las farolas y un aire desapacible traía la humedad del mar. Cuando el tren alcanzó la bahía de Altea, había empezado a llover y apenas se veía la sombra del Peñón entre los jirones de niebla. Teníamos las quince mil pesetas que nos había dado Manolo y algo que habíamos conseguido reunir por nuestra cuenta: poco dinero para emprender una vida que no sabíamos adónde habría de llevarnos; y que, además, empezó a esfumarse en la taquilla de la estación de ferrocarril de Misent y que siguió menguando en la de Alicante y en la panadería y el ultramarinos en los que entramos para adquirir provisiones. Cada peseta que gastábamos acortaba nuestro plazo. Eva llevaba, además, su educación, su buen gusto, su ropa de calidad y algunas joyas. Yo, mi juventud, la herida del rencor.

El viento desapacible, el olor a carbón. De madrugada, cuando el tren se detuvo en Chinchilla, me di cuenta de que los cristales de la ventanilla se habían helado por dentro. Entonces ya había empezado a hacerme daño el último gesto con que despedí a Manolo. Hubiera deseado poder coger el tren de vuelta para repararlo. «Ya no te veré más», me había dicho por encima del lazo mal anudado de su chaqué, y me había hecho una señal para que yo le pidiera a Eva que nos dejase solos, pero no me sentí con ánimos, e hice como que no entendía su gesto. Entonces, me cogió con fuerza una mano y la apretó entre las suyas, y yo tuve que tirar con cierta brusquedad para separarme de él, lo que le hizo abrir los ojos con sorpresa. «Carlos», dijo, con una voz amarga. Yo le dije adiós desde la puerta.

Muchas veces, desde el interior de la bañera observo a Ramón, que alcanza los frascos de gel o de perfume, que me frota la cabeza con el champú, que extiende el brazo para recoger la toalla, y admiro su agilidad, su solidez, e intento reproducir en mí los sentimientos que Manolo debía experimentar ante aquel joven fuerte y ambicioso que yo fui. Comparo los músculos tensos de Ramón con mi cuerpo degradado y siento deseos de suplicarle que me traspase un poco de su fuerza y, mientras lo contemplo, no puedo apartar de mí la idea de una injusticia: es como si su fuerza creciera a costa de arrebatarme la mía, y entonces me asalta el recuerdo de cómo, a medida que Manolo se quedaba en la butaca del rincón, yo me senté en sus sillas, ocupé su lugar en el escritorio de la oficina, cogí entre mis manos el volante de su automóvil, leí los libros que él ya no podía sostener y, años más tarde, edifiqué mi casa en el lugar que él me había enseñado que era el más hermoso.

Nunca se me había pasado por la cabeza que Elena pudiera dejarme un día. Yo viajaba fuera de España y ella me acompañaba con frecuencia. En Madrid acostumbrábamos a vernos en un apartamento que había adquirido en un rincón discreto cerca de Cea Bermúdez, en una calle poco poblada, de edificaciones nuevas, y en la que apenas se veían peatones por las aceras, un lugar perfecto para encerrar una relación fuera del matrimonio.

Ocurrió en Niza. Yo acababa de abandonar una reunión con los directivos de cierta constructora francesa interesada en adquirir terrenos cerca del Bernabeu y que buscaban un intermediario de confianza. Elena había pasado la tarde de compras en la ciudad y, cuando llegué a la habitación del hotel, estaba tumbada en la cama rodeada por media docena de revistas. Recuerdo sus pies sonrosados, su pelo suelto cayendo sobre una bata de color perla. No quiso vestirse para cenar y pedimos que nos sirvieran un tentenpié en la habitación. Lo dijo de improviso: «Carlos, tenemos que dejar lo nuestro.» Y yo no le hice demasiado caso. Seguí más atento a la botella de Graves, al salmón y a los huevos pochés, que a sus palabras.

«Te dejo, Carlos», insistió cuando ya habíamos apagado la luz. «Quiero tener una oportunidad, una familia como la que tienes tú. Me voy a casar, ¿sabes?, y esas cosas conviene empezarlas bien.» Me comporté como un imbécil. Me perdió el desconcierto. Le hice el amor y, al terminar, pensé que ya estaba todo resuelto. Creí que me bastaba con demostrarle que aún podía seducirla con mi sexo: la inexperiencia, la juventud. Aún no entendía la capacidad de cálculo y disciplina que puede desarrollar una mujer cuando tiene una ilusión.

Volvió de lavarse, envuelta en una toalla. Le dije: «Tú no podrás dejarme nunca», y ella se echó a reír. «Mi pobre puta», me dijo, pasándome la mano por la cara, con ternura, «qué poco te enteras de las cosas.» Le aseguré que aún podía separarme de Eva, aunque sabía que no, y menos en aquellos instantes en que ya estaba embarazada de Julia. Ella también lo sabía. «No te importa engañar, si con la mentira mantienes el pesebre», volvió a burlarse. Me dieron ganas de abofetearla, pero empecé a vestirme. Ahora no me hacía gracia que me llamase «puta» con aquella voz tan dulce que sonaba a irónica compasión. Salí dando un portazo y paseé durante horas por la ciudad. Cuando regresé, ya de madrugada, dormía, y me invadió la rabia viéndola dormir indiferente. Yo había creído tenerla y era ella la que me había tenido a mí. La rabia no era nada más que miedo.

A la mañana siguiente la acompañé al aeropuerto, aunque no quise coger el mismo vuelo que ella. Anulé mi pasaje y permanecí un día más en Niza: ese día le compré el collar de platino a Eva y, para regresar a España, alquilé un automóvil con el que fui directamente hasta Misent. Allí, en un vivero que cerraron hace algún tiempo, adquirí la media docena de palmeras que adornan el jardín de la Punta Negra. Me quedé una semana vigilando las obras de la casa y, antes de volver a Madrid, presencié el trasplante de las palmeras, y verlas allí, agitando sus palmas a la orilla del mar, sobresaliendo en la distancia como un punto de referencia en la costa, me pareció un antídoto contra el miedo que me había asaltado en Niza al ver a Elena dormida e indiferente mientras a mí me mordía la desesperación de lo irremediable. Muchas veces he pensado que la inquietud de aquella imagen de Elena ha sido la que me ha provocado siempre la propia ciudad de Madrid: la de una amante insegura de la que jamás puedes sentirte orgulloso porque te expones a que te deje en ridículo.

Elena y yo no volvimos a acostarnos juntos y siempre me ha quedado la duda de por qué. Yo aún la deseo, o quizá sólo deseo la juventud perdida. Probablemente, los dos tuvimos demasiado orgullo y ella ya no podía pedirme nada como yo no pude volvérselo a pedir. Una tarde en que regresé solo al apartamento, descubrí que se había llevado las pocas pertenencias que guardaba allí y que había dejado las llaves en el mueblecito del hall. Luego, durante años, coincidimos por la calle, en fiestas, o a la salida de algún espectáculo. Nunca volvimos a saludarnos, porque oficialmente ella y yo no nos conocíamos. Todavía me pregunto a veces si seguirá con vida y, en tal caso, no sé si querría volver a verla, no fuera a ser que también se esfumase ese fantasma que me visita con frecuencia; aunque, en otras ocasiones, pienso que la vejez, del mismo modo que nos vuelve comprensivos con nuestro aspecto físico, también nos lleva a aceptar el de los demás, porque nos educa para convivir con la degradación. En ese caso, a lo mejor Elena aún seguiría pareciéndome bella y deseable, y encontrármela acompañada por su marido desataría en mí la dolorosa comezón de los celos. Debo confesar que, años atrás, cada vez que me cruzaba con su marido no podía evitar la curiosidad y me preguntaba si aquel hombre habría sido capaz de llenar su imponente pozo de deseo.

Julia nació en Madrid, porque aún faltaban los últimos retoques de la casa de Misent, y pienso que su llegada fue decisiva para que también Eva sintiera prisa por instalarse en la costa, recuperando la ilusión que durante tanto tiempo habíamos mantenido. Aunque hoy, pasados los años, a veces me da por pensar si esa decisión no estaría alimentada por algún malentendido con el doctor Beltrán: de entonces data el retrato con el collar de platino que cuelga en el pasillo que separa mi estudio del salón, y que está firmado por Bello, un amigo de Beltrán, recientemente fallecido, cuyos cuadros ahora se cotizan enormemente, se exponen en todo el mundo, y de quien conservo también una marina.

Ordenando mis recuerdos, los veo a los dos (a Beltrán y a Bello) y a Eva sentada en una mecedora, posando para el retrato, y luego ya no veo a Beltrán: sólo el sol de otoño entrando a través de las cristaleras del cenador, y a Eva con Bello, que maneja los pinceles; y a esa imagen se asocian las frases de Eva diciéndome que sería maravilloso que Julia naciera en Misent, y yo que viajo con frecuencia, para dar los últimos retoques a la construcción, en el que puede considerarse como el momento más dulce de mi vida matrimonial.

Tenemos la felicidad de la familia (incluso la sombra de Elena se ha desvanecido durante aquellos meses), la satisfacción del dinero, que sigue llegándonos de una forma que parece milagrosa con los nuevos proyectos urbanísticos de la zona norte de Madrid, y el orgullo de poder regresar a Misent, de donde salimos casi a escondidas una desapacible mañana de noviembre.

El mar arrastra los cantos de la orilla en los días de tormenta y me hace participar de las palabras de Manolo. A mi manera, también yo creo por entonces que la poesía es necesaria porque te hace vivir por encima. Lo creo mientras dirijo las obras, mientras salgo con Eva para encargar los muebles, mientras me asomo a la terraza y miro la buganvilla que ha empezado a trepar por la pared y, al atardecer, veo la silueta de los barcos en la línea del horizonte.

La música que escucha Eva es como si hubiera sido compuesta para nosotros solos, y se me olvida el nombre de quien le regala las placas: como a los habitantes de Misent se les ha olvidado la identidad de un joven ambicioso que conducía el automóvil de un paralítico mientras se esforzaba en seducir a su hermana. Ya no hay miradas irónicas cuando atravieso la avenida del Generalísimo y aparco mi automóvil bajo los plátanos, junto a las mesas de los cafés. El dinero hace nacer la admiración, el respeto.

Siento el equilibrio dentro de mí y hasta la pasión sensual parece esfumarse, como si no hubiera sido más que la pesadilla de alguien que aún no se había encontrado a sí mismo y se buscaba inútilmente en la hendidura de un pozo, de una gruta sin salida en la que, de no haber escapado a tiempo, se hubiese asfixiado.

Lucho por lo mío.

La primera vez que acompañamos en coche a mis suegros para que visiten la nueva casa, se instalan los dos en el asiento trasero, cuando lo más lógico habría sido que Eva y su madre ocuparan ese lugar y mi suegro se hubiera sentado a mi lado. En la siguiente ocasión, acudo solo, y mi suegro intenta ponerse detrás, junto a su mujer, pero me interpongo entre él y la puerta del automóvil, cerrándole el paso. «Hace años que no trabajo de chófer para nadie», le digo, y levanta la cabeza como si fuera a responder algo, y luego la agacha de nuevo, y ocupa el asiento junto al mío, y cruzamos así la avenida del Generalísimo, y yo detengo el automóvil ante la pastelería y bajo a comprar unos dulces, y él se queda allí durante un buen rato, en mi coche, esperándome, ante los veladores repletos de público en la mañana de domingo, y allí dentro soporta los saludos de los conocidos. Me demoro a propósito. Charlo con alguien, me inclino sobre los ocupantes de un velador. Le estoy advirtiendo que el orgullo es un juego que le permito que siga practicando de puertas adentro de casa. Una cortesía.

Mi padre no viene nunca a la casa de la Punta Negra. Sé que la ha visto levantarse, que ha seguido las obras desde lejos, por más que haya cambiado el recorrido de sus paseos vespertinos para no tener que pasar junto a la construcción. La presencia de la casa le hace daño a la vista como se lo hacía la luz del comedor cuando en la inmediata posguerra le pedía a mi madre que la apagase y se quedaba en un rincón a oscuras: no es capaz de sentirla como una reparación, sino como una prolongación de su derrota, ahora convertida en vergüenza. A mí me duele la sordera en que lo ha instalado su tozudez.

Mi madre acude de vez en cuando. Se hace cargo de Manuel, de Julia, que lleva su nombre, por más que mi padre dijera el día del bautizo que «un nombre no cambia nada». Hay una normalidad que parece engrasar poco a poco nuestra vida. Los niños crecen, el jardín se vuelve frondoso. Yo he comprado una Leica y les hago fotos. Aún puedo ver una parte de esas fotos: la cercana playa cubierta de algas que los carros se llevaban al atardecer, el merendero que me devuelve el olor de los pescados asados, la hamaca sobre la que se tiende Eva con un libro en las manos, el columpio, el barco de vela que Manuel sostiene y que talló mi padre para regalárselo un cumpleaños en el que tampoco quiso comer en casa.

Y como si sólo el dolor tuviese memoria, una niebla que detiene el tiempo en el recuerdo, como si diez años fueran nada más que un instante, una fotografía. El tiempo sólo se pone en marcha en mis continuos viajes a Madrid, en el crecimiento del bloque de viviendas que concluyo en La Corea, en las frecuentes salidas al extranjero a las que se une mi nueva acompañante, Isabel, en las copas de Pasapoga con los clientes, y en las cenas de madrugada en mesones de la zona norte donde oigo flamenco y a las que a veces le pido a Isabel que me acompañe mientras que en otras ocasiones busco acompañantes de una noche.

Durante algunos años, esta casa permanece prácticamente cerrada y Eva apenas pisa Madrid para las compras de temporada, para ir al modisto, a algunos estrenos. Un par de veces al año volvemos a abrir las puertas para dar alguna fiesta a la que acuden mis proveedores y se mezclan con los viejos amigos de Eva. Es una forma de decirles que seguimos existiendo.

Isabel, mi nueva compañía, ni es ni se le parece a Elena. Hay en ella una sumisión distinta. Falta la igualdad del deseo, o por mejor decirlo, yo la deseo furiosamente (su juventud, su piel tersa, la mancha húmeda y rubia de su entrepierna), y ella desea más allá de mi sexo: los muebles un poco cursis con los que le he decorado el apartamento, buscando borrar las huellas de Elena, los perfumes, la ropa, la vida entre hombres maduros que se mueven con soltura en la noche, los restaurantes, los saludos. Yo la deseo, la muerdo, la penetro, y sin embargo, pese a la violencia de nuestros encuentros, sé que ya tengo el sexo fuera de mí: en lo que me rodea y poseo.

No importa. No sé si goza o finge, pero empiezo a descubrir que se trata de una información intrascendente, porque en nada va a alterar mi conducta. Yo puedo ponerla de pie contra la pared del baño y metérsela mientras solloza, puedo ponerla a cuatro patas sobre la alfombra y morderle la nuca, puedo arrodillarla ante mí y taparle la boca con mi polla. Nunca se le ocurrirá llamarme puta, ni se sentará en el borde de la bañera para fumarse un cigarrillo lleno de desprecio. Su sexo no es ni una fruta ni un pájaro herido que me conmueve cuando aparto los bordes de su llaga ante mis labios. Tengo la impresión de que ese tiempo de sorpresa ya pasó y que el pájaro herido y tembloroso fui yo mismo.

Siento que se ha desvanecido algo dentro de mí, del mismo modo que uno se levanta por la mañana y nota que ha desaparecido la fiebre que lo mantuvo sudoroso durante un par de días y respira otra vez los olores que parecían haberse evaporado y, al beber un vaso de agua, advierte que la boca ya no tiene esa pastosidad que la enfermedad había puesto en ella.

Isabel no es necesaria. Incluso cuando me acompaña en los viajes yo puedo prolongar la noche a solas después de concluidas la reunión y la cena de negocios. Puedo buscar aventuras y pasar con otras mujeres algunas horas en una habitación y, de vuelta al hotel, ver a Isabel dormir plácidamente y sentir como un consuelo. Es un gato tibio que se pinta las uñas durante horas, pasa tardes enteras ante el espejo, llena la repisa del lavabo de tarros, borlas, pinceles y algodones, se aburre ante el televisor y lee con una mezcla de pasión y desgana las noticias acerca de bodas de artistas y princesas en las revistas del corazón. También yo la tengo a ella con una extraña mezcla de pasión y hastío.

No. Ya no venero el instante en que un sexo destella al abrirse ante mis ojos. Sólo lo ambiciono. Necesito cubrir ese hueco que de repente me parece de nadie con un sentimiento que ahora advierto similar al que me empuja a llenar con cemento una excavación, a levantar un edificio en un solar, a cubrir con mi rúbrica el hueco que queda al pie de un talón bancario.

La emoción está en otro lugar. Cuando Eva se peina antes de que salgamos a cenar con los amigos de Misent, cuando la veo cuidarse las manos ante el espejo del tocador, porque la artrosis ha empezado a deformarlas a pesar de su juventud, cuando Julia da sus primeros pasos, o Manuel me trae las notas del instituto: ésos son los gestos que me conmueven; ése también mi tiempo sin memoria, desvaído, tiempo sin tiempo, porque la felicidad no se recuerda. Es un estado que se resume en un instante, no una sucesión.

Luego regresa el tiempo de verdad. Lo hace despacio, imperceptiblemente. Como uno de esos mediodías de verano en los que no se mueve ni una hoja y que la brisa altera poco a poco hasta convertirlos en desapacibles. Eva me acompaña con mayor frecuencia a Madrid y, cuando permanecemos en Misent, la noto cada vez más encerrada en sí misma. Se vuelve melancólica y hasta hosca si alguien viene a interrumpirla en sus ocupaciones. Pasea por el jardín, se asoma a la Punta Negra, desde donde contempla el mar y las lejanas edificaciones de la ciudad, escucha música.

Ya no pone casi nunca nuestros discos: Machín, Gatica, Lorenzo González, Gloria Laso o Miguel Fleta. Ahora escucha durante tardes enteras la música que compartió en su primera juventud con la institutriz francesa. Aún están los discos que se trajo de Misent apretados en los estantes del cenador: Haydn, Schubert, Bach. Los preferidos de mademoiselle Corinne, que es como se llamaba la institutriz que inició en ella una pasión musical que los contactos con el doctor Beltrán siguieron alimentando. Recuerdo vagamente a esa mujer caminando huidiza por las calles de Misent en mi primera juventud, y aún quedan unas cuantas fotografías suyas en algún cajón: rubia, pálida, frágil.

Eva se levanta temprano, se pone el tocadiscos –ópera, piezas estimulantes: Vivaldi, Mozart, Strauss–, hace un poco de ejercicio, desayuna conmigo y con los niños, sigue de cerca la limpieza de la casa, en la que es muy exigente con el servicio; vigila a Josefa y prepara la mesa cada día como si fuésemos a recibir invitados. La comida es el momento culminante del día. El mantel tiene que desplegarse impoluto, hay flores en el centro de la mesa, platos y cubiertos son los mismos que se sacan en los momentos solemnes, y las fuentes se presentan perfectamente decoradas. Sólo al concluir la comida, cuando se sienta en el sofá a tomar café conmigo, y los niños regresan al colegio, parece que el peso del día se le viene encima. Lee y escucha música, pero ahora una música triste bajo la que se aplasta como si se escondiera en un daño para evitar otro mayor.

Yo creo que buscaba en esa música como una materialización de los sentimientos que tenían que quedársele dentro igual que gases que no encontraran salida, porque no se permitía con nadie, ni siquiera con los niños, efusiones excesivas. Cuidaba de su educación, de su salud, les leía libros, pero no soportaba las carreras, las bromas y los gritos propios de la infancia. Yo respetaba su tristeza. ¿Qué otra cosa podía hacer?

Muchas tardes acudía su madre a visitarla. A doña Carmen no le hacían gracia mis viajes. Le decía a Eva que no se explicaba cómo podía ser que yo no le pidiese que me acompañara. En cierta ocasión le dijo: «Mi marido no ha dado nunca un paso sin mí.» Y Eva le respondió: «Tu marido no ha dado un paso en la vida, ni contigo ni sin ti.» Me lo contó riéndose esa misma noche. No la quería. No la quiso nunca.

Doña Carmen se llevaba la labor y se pasaba las horas en la Punta Negra, haciendo ganchillo y charlando sin parar. Cuando se iba, muchas veces ya anochecido, Eva la acompañaba hasta la puerta, volvía a la sala donde estábamos los niños y yo, y le pedía a Josefa que le preparase un baño, y le decía, sin importarle que lo oyesen Julia y Manuel: «No se da cuenta de que me agota. No respiro hasta que se marcha.» Se quedaba mucho rato encerrada en el baño y salía frotándose las manos. «Ahora, a leer», les decía a los niños.

Años más tarde, cuando Manuel volvía de Francia para las vacaciones, una vez que ya nos habíamos instalado de nuevo aquí, en Madrid, se metía con él en el cenador durante horas, tras ordenarle: «*Maintenant on va causer un peu, mon petit Marcel.*» Lo cuenta Manuel en su cuaderno y también que empezó a llamarle Marcel después del primer viaje que hicimos a Normandía. Le llamaba Marcel y le hablaba en francés corrigiéndole la pronunciación. Ella había aprendido maravillosamente esa lengua con mademoiselle Corinne, la institutriz con la que convivió en Misent buena parte de la infancia y en cuya casa de Arlés pasó el último año de la guerra civil mientras sus padres y su hermano se instalaban en San Sebastián.

También heredó de ella su rigidez, su intransigencia, la manía del ahorro, de la higiene pautada, todo ese ritual de orden que Manuel cuenta en su cuaderno que reconoció luego en los colegios franceses y que a mí siempre me pareció original de nuestra casa, o quizá propio de la clase de la que ella provenía. Manuel matizó al escribir: «Era, sin embargo, una rigidez que sólo se refería a las formas: al modo de empuñar los cubiertos, de peinarse y lavarse, al de hablar o al de vestir, pero que dejaba en libertad lo íntimo, comprendiéndolo, amparándolo.» Para Manuel, yo he sido siempre el reverso de su madre: no he concedido importancia ninguna a las formas y, sin embargo, me he inmiscuido en sus ideas –así lo escribió–, en sus sentimientos, y los he «fomentado, discutido, perseguido y acechado» desde lo que define en el cuaderno como mi código *inamovible* de conducta.

Pero prefiero volver a Eva. Hasta pocos meses antes de su muerte, la música ocupaba el cenador, se extendía por el jardín, y era como si fuese ella misma la que estuviese ocupando aquellos espacios. Aunque, puesto a pensar, yo diría que eso fue más bien en los primeros años –la música como una forma de ocupación blanda de los territorios que la rodeaban–, y que luego se alteró sustancialmente el significado de su rito, aun siendo en apariencia idéntico. La música se convirtió al final en un manto en el que se envolvía y se guardaba ella misma, un poco como los usuarios del baño turco, una vez concluida la sesión, se envuelven en una toalla o en un albornoz para mantener la temperatura del cuerpo frente a la agresión del clima exterior.

El regreso del tiempo. En Misent salíamos bastantes noches con los amigos y, de vuelta a casa, se quitaba los zapatos, ponía en el tocadiscos nuestra música, se dejaba caer sobre una tumbona, y decía: «Son unos zafios», y repasaba sus blusas, sus chaquetas, sus zapatos; y pesaba en una balanza de alta precisión las palabras que habían pronunciado durante la velada, y analizaba con un microscopio los manteles que habían cubierto la mesa y los platos en que se había servido la cena y las copas en que habíamos bebido el vino. Nada resistía su examen.

Yo al principio me reía. Sabía hacerme reír. Al médico que acudía a nuestra casa lo llamaba «el doctor Mabuse», y a su esposa, «el tigre de las bengalas», desde que nos invitó a una tarta de cumpleaños sembrada de velitas fulgurantes; al propietario de la fábrica de muebles, servicial, inculto y pretencioso, lo apodaba «Nobleza Baturra», y a su mujer, «Mamá Tresillo».

Esos momentos en casa, después de una fiesta, cuando tomábamos una copa a solas y abríamos la cristalera de la terraza para que entrase el aire del mar, permanecen entre mis recuerdos inolvidables. Eva gesticulaba y hablaba ridiculizando a nuestros amigos y yo me reía y sentía que estábamos cerca. Pero, poco a poco, los comentarios fueron volviéndose más ácidos y, cada vez con mayor frecuencia, esas bromas se mezclaban con reflexiones acerca de la fugacidad de la vida, y con frases del tipo, «aquí, en Misent, viendo pasar los años, rodeados de toda esa pandilla de zafios, embruteciéndonos». Yo intentaba convencerla de que no estábamos entre aquellos zafios, sino juntos, en la casa que con tanta ilusión habíamos construido y amueblado, y le decía, mostrándole el mar desde la terraza de nuestra habitación y las copas verdes de los pinos y la mancha de color de la buganvilla: «Estamos juntos y rodeados de todo esto. Si no quieres, no tenemos por qué ver a esa gente estúpida», pero ella me respondía: «Entonces, qué me queda.»

Estaba empezando a abrir las puertas de casa para que nos escapáramos. Cuando Manuel cumplió los doce años, se empeñó en enviarlo a estudiar a un colegio cerca de Burdeos.

Yo me opuse. No me parecía bien alejarlo tan joven de nosotros, perderlo tan pronto de vista. Discutimos durante varios días. Manuel ha recogido en su cuaderno, distorsionándolas, algunas de esas discusiones que tuvo ocasión de presenciar. Asegura que mi oposición se basaba en que yo estaba convencido de que en Francia corría «serio peligro moral». Y, según él, esa actitud mía propició «un nuevo punto de inflexión en el desamor de ella». «Si los prejuicios de sus familiares», razona en el cuaderno, «profundamente conservadores, debieron parecerle lógicos aunque estúpidos, no los soportó reproducidos en mi padre como una caricatura reproduce una fotografía. Su improvisada beatería tuvo que parecerle risible.»

Otra inflexión en el desamor. Qué ha podido saber. Qué sabe Manuel. Mucho antes de que me opusiera a su viaje ya había mordido el fruto de ese árbol del desamor en unas cuantas ocasiones y podría anotar aquí diversas anécdotas que muestran con claridad que, por entonces, ella ya no se miraba en nosotros, sino que tenía los ojos pendientes de algo que estaba ocurriendo fuera.

Cierta tarde me la encontré sentada en el salón con el teléfono entre las manos. Lloraba cubriéndose la cara con un pañuelo. Le oí decir: «No me lo pongas todavía más difícil.» Y me alejé de puntillas para que no advirtiera mi presencia. Huelga explicar que su preocupación, aquella angustia que la hacía llorar con desconsuelo, no se la provocaba ninguno de los miembros de la familia.

Aún me la encontré llorando una vez más por aquellos días. La vi de lejos, en el malecón de la Punta Negra, y me acerqué a ella. Estaba de espaldas, inmóvil, mirando en dirección al mar, y cuando llegué a su altura, se volvió. Tenía los ojos llenos de lágrimas. Me quedé mudo, sin saber qué hacer, pero ella sonrió y me dijo: «Me dolía tanto la cabeza, que he pensado que llorar un poco puede ser buen remedio.»

Durante algún tiempo viajó conmigo a Francia. Visitábamos a Manuel cada tres o cuatro meses. Miraba con melancolía los carteles que anunciaban conciertos, las plazas con jardines en los que crecían pensamientos amarillos y azules, las columnatas de piedra gris. Era como si siempre hubiera vivido allí, o como si hubiera sido un error no haber vivido allí desde siempre. Se asomaba a los puentes y me hacía pensar por vez primera que Madrid es una ciudad sin río, y hasta su otoño se me volvía pequeño cuando paseaba al lado de ella en París, bajo la lluvia de hojas secas del Jardín de Plantas. En Francia encontraba su tamaño y me hacía sentir que Misent y yo éramos para ella el país de Liliput.

Una noche, en París, no estaba en la habitación del hotel. Me había dejado una nota sobre el escritorio, explicándome que iba a retrasarse más de la cuenta porque asistía a un concierto en Saint Germain l'Auxerrois. Cogí un taxi desde el Boulevard Raspail porque había previsto llevarla a cenar esa noche, o tal vez porque era como si la nota abandonada sobre el escritorio me hubiera contado que la estaba perdiendo y, con un golpe de mano, aún pudiera recuperarla. La fachada de Saint Germain l'Auxerrois se levantaba sombría bajo las gotas de agua. La iglesia estaba cerrada. Volví al hotel y ella aún no había regresado. Lo hizo pasadas las once. Venía empapada y se abrazó a mí. Me contó que se había equivocado de fecha, que el concierto era para el día siguiente. Me dijo: «He tenido ganas de pasear bajo la lluvia. ¡Estaba tan hermosa la ciudad!» Y añadió: «Volvamos a Madrid.»

Al otro día me llevó a una galería de la rue de Seine, donde ya le habían embalado un cuadro que adquirió la tarde anterior: la esquina de la calle Vavin pintada por un húngaro que se llama Czóbel. «Así tendremos en el salón de casa una ventana por la que seguiremos viendo París», me dijo. El dependiente, al dirigirse a nosotros, se había referido al «cuadro que ayer apartaron los señores», y yo me pregunté quién habría sido el acompañante de la tarde anterior.

Recuerdo a Eva dirigiendo las tareas de embalaje y a Josefa cubriendo con paños blancos los sofás del comedor, la butaca de cuero que sigue siendo mi preferida, bajando las persianas, cerrando y apuntalando los postigos. En el jardín empezaban a amarillear los árboles de hoja caduca, pero algunos rosales florecían en todo su esplendor. Las palmeras movían sus palmas contra el cielo azul.

Se lo escuché decir en una ocasión a mi suegro: «Uno se pasa la primera mitad de la vida vistiéndose, y la segunda desnudándose.» Ahora entiendo lo que quería decir, y sé que uno no se desnuda fácil ni ordenadamente, sino que lo hace con brusquedad, dejándose jirones sobre el cuerpo. A esos pedazos que se nos enredan entre las piernas y nos impiden caminar con libertad en la segunda parte de nuestra vida los llamamos memoria. La desnudez deseada sería el olvido.

Pero ni siquiera sobre la intrascendencia de Isabel he conseguido que caiga el olvido, porque aún me turba de vez en cuando el recuerdo de sus nalgas o el modo como se mordía los labios cuando me recibía dentro. No es que me duela el final, como me duele el recuerdo de la última noche con Elena, pero sí el recuerdo de su carne, o quizá –de nuevo– sólo me duele el recuerdo de mi propia juventud.

Porque nuestra relación acabó poco más o menos como estaba previsto que tenía que concluir. Los viajes en avión, los paseos en taxi por ciudades lejanas, los ramos de flores, las cenas en restaurantes de lujo, en vez de acostumbrarla a la comodidad de una vida sin problemas y más que grata en un tiempo en que casi nadie podía permitirse ninguno de esos placeres, le despertaron la ambición, el cálculo.

De la inicial etapa en la que se sometía a mí como un instrumento que respondía a los resortes que yo pulsaba, pasó a una actitud que podría calificar de melancólica. No era raro que mientras yo paladeaba una copa de coñac, y ella picoteaba alguna de las golosinas que el camarero había depositado en el centro de la mesa, exclamase: «Te cansarás de mí. Me dejarás.» O que se pegara a mi brazo a la salida de un local nocturno, como si quisiera protegerse del frío, y hundiera la cara en mi hombro después de decir: «Para ti no soy más que un capricho.»

Ni siquiera trataba de decirme que me quería. No. Era como si resultara irremediable que yo acabase cometiendo una injusticia con ella, dejándola sin aquellos viajes, sin las golosinas ni las luces tenues de los locales a los que acudíamos de madrugada. Me pedía una especie de seguro de que el día de mañana iba a poder seguir haciendo lo mismo, cuando yo estuviera entre otros brazos o pudriéndome bajo la tierra. Era el prólogo de la representación a la que había previsto someterme, cuando me comentó que estaba embarazada y que quería tener «ese hijo nuestro». Se echó a llorar, gimió, me besó repetidas veces y, al ver que yo no estaba dispuesto a aceptar ese hijo en el que jamás había pensado, me llamó «hipócrita» y «gran señor católico».

Fue mi segunda y última amante estable, con llaves de apartamento y visitas regulares. Manuel estaba por entonces en Rouen y Eva y Julia seguían en Misent, lo que debió permitirme, tras la ruptura, la libertad de moverme por Madrid sin temor a indiscreciones, y sin embargo no tengo la sensación de que aquellos fueran para mí tiempos felices. Menudearon las citas en habitaciones de hotel, en apartamentos discretos con mujeres de paso. En algunas ocasiones eran mujeres casadas que buscaban fuera del matrimonio un poco de pasión, o algún dinero con el que resolver pasajeros apuros económicos. Sin embargo, la mayoría de las veces se trataba de seres solitarios, con historias de desengaños amorosos, hijos en lejanos internados y una tremenda soledad cuyo contagio yo evitaba. Rehuía las conversaciones íntimas, no quería enterarme de su pasado, que siempre acababa siendo sórdido, amargo, triste. Buscaba –y pagaba– el fulgor de sus cuerpos, la mancha violenta de sus pezones sobre los pechos turgentes, sus sexos que eran refugios que me salvaban de un dolor indefinido.

Es curioso, pero en ningún momento interpreté el regreso de Eva a Madrid como fruto de un deseo de estar más cerca de mí, sino como un principio de ruptura. A las viejas amistadas se añadieron otras. Frecuentaban la casa actrices, galeristas, pintores, músicos. Quien apenas la frecuentaba era yo. Viajé más que nunca, y no siempre por necesidad, sino porque algo me alejaba de allí. La casa tenía un aire de escaparate: la mitad de los días uno no podía llegar y tirar los zapatos y ponerse en pijama a ver tranquilamente la televisión. Había gente, iba a venir gente, era posible que viniese gente. Así que algunos trabajos fuera de Madrid que podía delegar en otros los hacía yo mismo.

Me instalaba en habitaciones de hotel y me sentía libre. Allí sí que podía permanecer desnudo sobre la cama, fumando un cigarrillo y viendo cualquier programa de televisión: salía por la noche y me plantaba ante la barra de algún bar y me tomaba un par de copas; o volvía a apostar en la ruleta de la carne: en la sorpresa de unos pechos emergiendo fuera del sujetador, de unas nalgas saltando por encima de las bragas. El juego de los cuerpos, o su religión. Me arrodillaba ante ellos, los sometía a complicadas liturgias. En alguna ocasión invité a alguien desconocido a que compartiera esas ceremonias conmigo. Como aquella vez con Ort: mirar y ser visto. Era como si la presencia de un testigo hiciera más real el amor, menos pasajero. También disfrutaba de los buenos restaurantes. En mis viajes los elegía cuidadosamente, como elegía –aún hoy lo hago– los vinos: Cheval Blanc, Lafite, Bâtard Montrachet, si estaba fuera de España; Imperial, Vega Sicilia, Murrieta, en los escasos sitios de aquí donde por entonces podía comerse bien.

En ciertos momentos tenía la melancólica sensación de ser una especie de viajante de lujo; en otras ocasiones me inundaba una benéfica plenitud, mientras encendía un buen habano ante una copa de coñac, o en el instante en que cruzaba la primera mirada con una mujer y empezaba a seducirla con la misma excitación con que, en la caza, apuntaba a la presa que acababa de saltar ante mí.

Por lo demás, en Madrid se me consideraba poco menos que un mecenas y protector de la cultura, gracias a la incesante actividad de mi mujer. A veces la acompañaba a algún concierto, aunque siempre he soportado mal el ambiente sofocante del patio de butacas del Real. Tampoco me ha hecho muy feliz el teatro, con ese crujido de tablas cada vez que los actores dan un paso en lo que se supone que es el comedor de su casa, y esa manera absurda de declararse a gritos el amor y los secretos para que puedan oírlos los espectadores de la última fila. Me parece artificial.

Casi tan artificial como los pasitos de puntillas que daban por el jardín las amigas de Eva, o como las exageradas inclinaciones de tórax y los besamanos a que se sometía el grupo allá donde se encontraba: en el vestíbulo del teatro, en el hall de un cine, en el recibidor de mi casa. Se habían visto el día antes y se sorprendían de volver a verse a la tarde siguiente, a pesar de haberse cursado invitación. Prefería, con mucho, mis viajes solitarios, o discretamente acompañado por el chófer, los buenos vinos, las cómodas habitaciones de hotel. O la incomodidad excitante de la caza.

Aunque antes he escrito acerca de mí como de una especie de cazador erótico, lo cierto es que, con el paso del tiempo, fui aficionándome al verdadero arte cinegético. A las primeras monterías, en los inmediatos años de la posguerra, asistí por compromiso: por cumplir con proveedores, o para obsequiar a clientes, pero pronto empezaron a atraerme, no tanto el ambiente ruidoso de esas reuniones, cuanto las madrugadas frías en el campo, las largas caminatas, el olor de la leña quemada, el silbido de las botas aplastando la escarcha, el crujido de las ramas secas. Empecé a salir por mi cuenta, y recorrí muchas comarcas de Castilla, Extremadura, Andalucía y Galicia. Contrataba a un batidor y me perdía con él en el campo durante semanas enteras. Sentía que aquella vida formaba parte de un mundo noble y natural que se me había escapado y que ahora podía permitirme capturar.

Después de que murió mi pobre Julia, una vez que esparcimos sus cenizas, fue como si me hubiera impregnado de la suciedad del sórdido depósito de cadáveres del poblacho marroquí adonde fuimos a recogerla. Durante días sentí esa suciedad, sin poder librarme de ella. Me lavé en un baño de pólvora, saliendo de caza y disparando mi Sarrasqueta hasta quedarme sordo. El olor de la pólvora se me metió en la nariz, en la boca, en el cerebro, empapó la ropa y me libró del otro.

No fue la única vez. En la caza borré muchas angustias y preocupaciones, me lavé de sentimientos que deseaba rechazar. Por eso quise tantas veces transmitirle su belleza a Roberto, despertar en él la afición de ese arte que tanto puede ayudar a alguien frágil, y discutí con Manuel para que lo dejara venirse conmigo, pero Manuel considera la caza como una actividad destructiva y cruel, y nunca aceptó que el muchacho presenciase lo que define como «masacres». Ha preferido que su hijo se haga la ilusión de que la carne es un producto que alguna máquina fabrica y luego los operarios envuelven en paquetes de plástico.

Ese huir de la verdad ha caracterizado siempre su trayectoria. Nunca ha querido saber que la vida es una confusa mezcla de violencia y piedad y que los campesinos matan para comérselos a los animales que más quieren y que su amor se manifiesta en el momento del sacrificio, de la matanza, con una alegría inocente. Saben que ese animal que les ha alegrado la vista durante meses ahora les alegrará el estómago y le dicen palabras amorosas mientras proceden a desollarlo.

A mí, la caza me ha puesto en contacto con esos sentimientos primarios, hasta el punto de que, mientras Eva se moría en el hospital, llegué a pensar en cazarme yo mismo, poniéndome un fusil contra el pecho. Creo que fue la reacción noble de un animal que se sentía perdido, pese a que acabara venciendo mi parte más humana, más racional, que no sé si es exactamente la mejor, aunque sí la que me ha obligado a seguir viviendo, a pesar de que ya no me quedan demasiadas ganas. He buscado el apoyo en las muletas de la religión y también en una imagen de mí mismo que no he querido romper. Mi acto no hubiera sido cobardía, bien lo sabe Dios, pero podría haberlo parecido, y eso yo no lo hubiera tolerado. (Le pido a Él perdón por escribir estas palabras, aunque creo que no verá necesario perdonar a quien dice la verdad.)

«... Burdeos me pareció una ciudad sobrecogida entre sus edificios de piedra. Allí todo se entregaba al silencio: las columnas grises, el cielo encapotado, los árboles que fueron perdiendo sus hojas, el agua rojiza bajo el puente. Después del impacto que me produjo la sustitución del entorno familiar y mediterráneo por aquel de piedra y silencio, se inició en mí una larga etapa en la que fui cambiando el gusto de los paisajes inmediatos, táctiles, de los colores violentos y los ambientes ruidosos, por el aprecio de los tonos intermedios, del silencio y de una cierta distancia con respecto a los objetos y a la gente. Digamos que dejé de ser el niño que alargaba el índice para tocar todas las cosas y que empecé a entender que hay una belleza o un sufrimiento que conviene mantener alejados de nosotros.

»Quizá es la herencia que ella ha querido

dejarme y que sólo con el tiempo he ido reconociendo. Paseos por Rouen, excursiones a Honfleur, largas caminatas por París, tristeza invernal del Bois de Vincennes, tardes de lluvia en la Place Quinconces. Su ideal de vida ha sido el recogimiento de la niebla, la lluvia vista desde el interior de un café en el que se habla en voz baja. ¡Cómo tuvo que sufrir en aquella España franquista y estridente en la que todo se resolvía entre alaridos de exaltación o de condena bajo un sol restallante! ¡Qué sola y vacía tiene que sentirse ahora en la habitación de la clínica, por muchas flores, regalos y chismorreos que le lleven los amigos!...

»... Cuando regresé de Francia e ingresé en la Universidad de Madrid, mi padre y yo ya hablábamos dos idiomas distintos, condenados a no encontrarse nunca. El tiempo no ha hecho sino separarlos más: mostrar que son irreconciliables y que sólo pueden desarrollarse en direcciones divergentes. Es algo que él nunca aceptará con respeto. Ni siquiera se esforzó en entender que a un adolescente no le interesara para nada su retrógrado grupo de amigos, voceras diurnos de la beatería familiar y practicantes nocturnos de la vulgaridad.

»Él hubiera querido asociarme a su empresa, a sus absurdas correrías, a sus copas en El Abra a la salida de la oficina. Y yo, sin embargo, me reunía con tipos que vestían pantalón vaquero y se dejaban crecer descuidadas barbas y melenas, hablaba de Pudovkin y Antonioni, escuchaba Sergeant Peppers, llevaba libros de sociología y panfletos en la cartera, y acabé en la cárcel, aunque por pocos días, claro está, porque removió todas sus influencias para conseguirme enseguida una orden de libertad.

»Aún hoy me cuesta perdonarle aquella vergonzosa salida mientras los otros cuatro compañeros que habían sido detenidos conmigo continuaban en prisión. "Guárdate tus recomendaciones", le dije, "déjame hacer mi vida, correr mis riesgos", y él me llamó imbécil y me obligó a firmar ante un comisario amigo suyo un papel por el que me comprometía a cambiar durante algunos meses Madrid por un destierro en Misent.

»Mientras regresábamos a casa en automóvil, me dijo: "No estoy dispuesto a que un idiota tire lo que yo he ganado con el esfuerzo de muchos años. Ten en cuenta que todo lo que sabes, incluidos ese Lenin y ese Mao, lo has aprendido gracias a mi trabajo." En todas las ocasiones, la recriminación de que los demás hemos despilfarrado lo que él ha amasado. Y yo no creo que se refiera exactamente a dinero, sino a todo un proyecto, a una manera de entender la vida que, claro está, necesita del dinero para sostenerse, y Julia despilfarró su proyecto agonizando estúpidamente sobre una duna, y yo con mi militancia comunista de juventud y con un matrimonio condenado al fracaso, como acaba de demostrarse, y su mujer lo ha despilfarrado guardando en el secreter una docena de cartas de amor del doctor Beltrán que él ha encontrado, dice que por casualidad, pero yo creo que después de husmear por todas partes, y de forzar la cerradura del mueble. No se las puede perdonar, seguramente porque no puede perdonarse a sí mismo...»

Releo el cuaderno de Manuel y me convenzo de que jamás ha querido aceptar la realidad. Pero no voy a responderle aquí. Estos papeles no tienen como objetivo llevarle la contraria. Es probablemente demasiado tarde. Como él dice, cada cual su lenguaje, su camino. Claro que su madre tampoco aceptó nunca nada que no llevase encima una capa de maquillaje. Lo natural la molestaba, le parecía que la ataba al mundo inferior. En todos los años que pasamos juntos, nunca toleró que yo entrara en el cuarto de baño cuando estaba haciendo sus necesidades y tampoco podía soportar que la viera depilarse, aunque a mí era una actividad que reconozco que me excitaba, tal vez por ser tan exclusivamente femenina. Incluso el desagradable olor de la cera hervida despertaba fantasmas en mí.

La artrosis que le deformó las manos mostraba la fragilidad de su empeño por alcanzar la perfección, por no hablar de la terrible imagen de la enfermedad en los últimos momentos. También tenía que ver con esa voluntad suya de separarse de lo que consideraba bajo, animal, el hecho de convertir las comidas, incluso las más íntimas, en un acto social.

En Manuel pueden verse, aunque dirigidos a otro orden de cosas, rasgos idénticos. A él, hablar de dinero, de negocios, de rentabilidad, cuando ya tiene un estudio propio y hace proyectos de muchos millones, le sigue produciendo una sensación desagradable. Siempre encuentra una coartada para que sus trabajos se relacionen con el bienestar público, con alguna tarea social: proyectos de viviendas para algún ayuntamiento, de parte de un pabellón para la Exposición Universal, diseño de una plaza en Barcelona, de una sala de audiciones en Valencia, siempre a la sombra del Estado patrón. Es verdad que los nuevos tiempos lo permiten y que hoy se habla de rehabilitaciones, remodelaciones, o diseño de espacios, y no, como tuvimos que hacer nosotros, de obras y negocios. Me molesta esa hipocresía que oculta el nombre de las cosas, como me molesta terriblemente esa palabra que tanto utilizaba Eva: «zafio», «zafiedad». Hoy, los grandes chollos, lo que nosotros definíamos como «una perita en dulce que no se puede perder», se disfrazan de proyectos artísticos o sociales y llamarlos por su nombre es «zafiedad».

Esa doblez suya fue causa de permanentes fricciones entre nosotros, incluso cuando ya se había instalado por su cuenta. Si yo le decía, «pero ahí vais a ganar un montón de dinero», se enojaba, se ponía nervioso, en especial si en la conversación estaba presente alguno de sus conocidos. Me respondía: «Pero, papá, no se trata exactamente de eso.» Y ese «exactamente» era para mí la sospecha de su doblez. Esa sonrisa infantil, inocente, con la que me comenta lo bien que estará pasándolo la pobre Julia en el campamento de verano, cuando él sabe que no está allí, que se ha ido a Marruecos, y a lo mejor a esa hora ya se la llevan en jeep de un poblacho a otro, a través del desierto, y se está muriendo.

A la sonrisa alegre sigue el nerviosismo, la necesidad de hacerse perdonar porque le he descubierto la mentira. El tardío gesto de sufrimiento. La inocencia de ellos, su vivir en el espacio de la poesía que Manolo reclamaba para todos. A veces me ha dado por pensarlo. Uno se ensucia para evitarles a los hijos que tengan que hacerlo, y ellos estudian idiomas, escuchan música, conocen las playas de Normandía, llevan jerseys de cashemir y pasan sus vacaciones en cualquier país exótico, y entonces empieza a dolerte esa inocencia que has cultivado, porque es la que los está alejando de ti.

Eva sabía recrear la inocencia cada vez que la convertía en cenizas. Tenía esa capacidad de olvido y recuperación: dejaron de existir los primeros meses en la pensión de la calle de la Cruz, las estrecheces, las noches sin cenar. Para no tener que mirarse en él, estrelló contra el suelo el espejo de Ort y lo rompió en mil pedazos. Los recuerdos, los espejos, las fotografías se convierten en testigos. Por eso, la humanidad se ha inventado el estudio del retratista, donde uno puede alquilar los trajes, el caballito de cartón, la butaca, la maceta con la kentia y el paisaje pintado del fondo, que todo lo igualan y que ponen la memoria en un espacio ideal: el inocente espacio de la poesía en el que quería vivir Manolo.

Y digo, «mi pobre Julia», y no sé si es mía o les pertenece a ellos. Sé que aún después de muerta la quiero, pero también me gustaría saber que no tengo que perdonarla, y de eso no consigo cerciorarme. Me duele el espejo de su inocencia en el que me miro y me descubro engañado. No, la verdad es que nunca imaginé que me ocultase nada. «Papá, no se te ocurra comentarle ni una palabra de esto a mamá. No me fío un pelo de ella», me decía. Siempre, a todas horas. Me consultaba, me enseñaba las fotografías de los chicos que le gustaban, me pedía parecer. «No se lo digas a Manuel, que se lo cuenta todo a ella.» Sé que no era una relación normal; que las hijas tienden más a refugiarse en sus madres. Pero yo siempre pensé que en su caso ese desapego que parecía sentir por Eva resultaba explicable, porque tenía que verla como a una rival, con su belleza altiva y su elegancia; con su ironía que a veces hacía daño, con su afán de protagonismo. Eva se burlaba de los vestidos, de los turbantes, de los zapatos, de los peinados, de los colores de uñas y labios que Julia elegía.

Cogía la prenda entre las manos, la palpaba, la estrujaba, la apartaba un poco para mirarla desde cierta distancia, le decía: «Pruébatela», y cuando veía aparecer a la pobre Julia con la prenda puesta, sonreía y preguntaba: «¿A ti te gusta?», para concluir «pues a ti es a la que te tiene que gustar.» Así nos dábamos todos por enterados de que a ella le parecía espantosa. A Julia le molestaban especialmente los retoques que daba a su vestuario cada vez que se cruzaba con ella por la casa, sin importarle la presencia de extraños. «A ver», le decía, y le daba un tirón al jersey, o le subía el tirante del vestido. «A ver», repetía después del zarpazo, «algo mejor sí que está.»

Por las mañanas, mientras desayunamos, le veo las piernas, los pechos descuidadamente guardados en el albornoz. Por las tardes, las curvas de sus pantalones vaqueros. Ha heredado la piel de su madre, frágil y tersa. Cualquier roce le deja huella. Ha heredado también algo de mi energía. De mi capacidad para cortar una conversación que no me interesa, o para levantar la voz cuando creo que llevo razón. Le noto esa energía incluso en la forma de caminar, de moverse. Es menos delicada que Eva, menos sigilosa. Quizá únicamente a causa del vigor de su juventud, o porque su generación ha cambiado el modelo de comportamiento femenino. No sé. Sólo sé que, de repente, ya no está. Que sus palabras se las ha llevado el viento y que yo soy el único de la casa a quien ha ocultado sus pequeños secretos. Y cuando Eva se presenta inesperadamente en la oficina y se queda delante de mí, llorando, y luego me abraza, me parece que estamos representando una obra de teatro y que el mobiliario y las cortinas y los archivadores y nosotros mismos somos de guardarropía.

En medio del dolor, me llegan relámpagos de ira. Cuántas veces le he dicho a Eva: «Tú es que no conoces a Julia», y ahora está delante de mí explicándome que soy yo el único que no conoce a Julia. Me pesan sus brazos rodeándome. Me siento en una butaca para apartarme de ellos, y me pone la mano sobre el hombro, y también esa mano me pesa. No quiero que me acompañe a Marruecos a recoger el cadáver. «¿Para qué vas a venir?», le digo; «quédate aquí, que es donde haces falta. A la pobre Julia ya no le vamos a arreglar nada.» Pero, en realidad, no quiero que venga para no verle los ojos llenos de lágrimas, para que no tenga la oportunidad de volver a abrazarme en esos próximos días dolorosos. O, a lo mejor, porque necesito saber algo de Julia de lo que ella nunca va a poder enterarse.

Lo pienso asomado a la ventanilla del avión mientras pasan abajo los colores ocres, las heridas azules del mar. Y también cuando recorro en automóvil los áridos paisajes del Atlas, los palmerales polvorientos, los lugares pedregosos. Rescato para mí las últimas imágenes que se llevaron sus ojos, los últimos olores que la envolvieron: el de los excrementos, el de la leña quemada, el de las especias. Al paso del coche, vuelven la cabeza los pastores y grupos de niños se acercan a la carretera corriendo y me imagino que a lo mejor son los mismos que se volvieron para mirar el jeep en el que ella hizo su último viaje. Nos detenemos en un barracón al borde de la cuneta para tomar un refresco y tengo la certeza de que también ella se detuvo allí, de que queda algo suyo entre las mesas sucias del local. En el depósito de cadáveres, pido que me abran el ataúd y recojo su último secreto.

Julia ya no está en ninguna parte. Con su afán por disimular la realidad, Manuel se niega a que Roberto asista a la dispersión de las cenizas desde el malecón de la Punta Negra. «Siempre han ido los niños a los entierros», le digo yo, «no creo que sea bueno ese afán por ocultárselo todo.» Él me responde que no está convencido de que a Roberto le ayude gran cosa saber que su tía es un puñado de polvo metido en una caja que se puede coger con una mano. Yo se lo discuto casi por compromiso, porque pienso que es probable que tenga razón, puesto que a mí mismo me resulta casi imposible aceptar que ella ya no está en ninguna parte, que se ha esfumado como un personaje de novela de misterio. No ayuda nada a soportar la ausencia esa imposibilidad de poner el cadáver en algún sitio del mundo para que los recuerdos vayan edificando el día siguiente.

No hay lápida en la que sentarse, para charlar de vez en cuando y tener la impresión de que ella te escucha, no hay un jarrón en el que colocar flores y pensar que ella ve por algún misterioso agujero esas flores, o que percibe su perfume a través de la tierra. Me siento en las rodillas a Roberto y le aprieto los brazos, y me echo a llorar, y él me mira desconcertado. Lo toco a él porque es del único modo que pienso que a ella va a llegarle alguna vibración. O no, simplemente, me aferro a Roberto porque no sé qué hacer.

Voy de caza. El humo de la pólvora me limpia los pulmones. Las madrugadas frías. Toco a los perros, que se retuercen agradecidos bajo la presión de mis dedos. El batidor enciende fuego, prepara migas y café. Es curioso, pero desde la muerte de Julia, la caza me parece un ejercicio purificador. Es como si me pusiera en comunicación con ella. Acaricio a los animales que acabo de matar, y su rescoldo de calor es un puente entre la muerte y la vida y, sintiéndolo, siento algo así como la punta de los dedos de Julia.

Eva se acerca a mí y me pasa la mano por la cabeza. Dice: «Nos ha dejado.» Yo me levanto, enciendo un cigarrillo, a pesar de que el médico me ha prohibido que fume, y me paseo por el salón. Ahora la casa está tranquila. No hay visitas, ni compromisos. Eva lee en el cenador. Detrás de las tapias y de las copas de los árboles el rumor de Madrid me parece lejano. Una tarde le digo que quiero volver durante algún tiempo a Misent. Ya va siendo hora de que otros se ocupen de las empresas. No son buenos momentos. Franco ha muerto un par de años antes y la inseguridad se apodera del país. Me duele esa inseguridad, la fragilidad que se manifiesta en los negocios, en la política, como un espejo de la que nos muestra la propia vida. Me duele, pero descubro que ya no me preocupa. Aceptada la fragilidad, lo único que queda es la resignación.

Vuelvo solo a Misent. Después de muchos años, visito el cementerio. Hace tiempo adquirimos un panteón familiar en el que están enterrados mis padres y los de Eva: el señor y el contable a un palmo el uno del otro. «Familia Císcar-Romeu», reza la inscripción. El apellido del contable va el primero. Les pongo flores y pienso: «Está bien que tu hijo venga a ponerte flores», pero al mismo tiempo noto una sensación de desagrado. No creo que a mi padre le gustara la idea de descansar durante siglos junto a don Vicente Romeu, aunque también pienso en la fragilidad de los tiempos: ahora las cosas van deprisa y quizá no pasarán tantos años juntos. Ni siquiera los cementerios son seguros, sometidos al crecimiento de las ciudades. Me da por pensar esa tarde que es posible que la pobre Julia tuviera razón: mejor el fuego y el agua que ese silencio húmedo del panteón, ese pudridero inútil.

En Misent no frecuento a los viejos amigos. De vez en cuando salgo a cenar solo en alguno de los restaurantes de la costa. Como es temporada baja, no resulta raro que sea el único comensal. Me siento en la butaca de cuero y paso mucho tiempo mirando el mar, el jardín descuidado en el invierno. Hago pequeñas excursiones a los alrededores. Voy a la lonja, donde asisto a la llegada y subasta del pescado. Miro la Punta Negra y pienso que sigue almacenando secretos a los que ya nunca tendré acceso. Eva pasaba muchas horas allí. Julia se quedó para siempre. La Punta Negra me desazona, el agua metiéndose entre las rocas, con un ruido ronco, como de asfixia.

Cuando paso por Madrid, Eva se queja de una ciudad cada vez más insegura y ruidosa. «Me cansa», se lamenta, aunque luego empiece a hablarme muy excitada de las películas que ha visto, de las exposiciones a las que ha acudido, de la música que ha escuchado. En uno de los viajes me muestra un cuadro que acaba de adquirir: una tela casi abstracta, una playa vista a ras de suelo y en la que sólo en algunos trechos pueden distinguirse unas pinceladas marinas entre las dunas y las matas secas. «Fíjate en las texturas», me dice, «parece como si pudieras abrir la mano y dejar que la arena te resbalase entre los dedos. Es muy sensual.» Pero yo me fijo en la firma: Bello. Me hace daño.

El cuadro está aún colgado en el cenador. Parece que filtrara el agua de la piscina y la convirtiese en agua marina. Es como un reflejo de esa agua que, con los primeros días del otoño, ha empezado a llenarse de hojas marchitas, un espejo deformante que la altera, que busca por debajo de lo que se advierte a simple vista otras materias, secretos que sólo se les revelan a algunos. Si no lo he quitado, ha sido por pudor, porque el acto de descolgarlo no podría interpretarlo yo mismo más que como una manifestación de rencor.

Hace unos meses, Roberto me pidió que se lo regalara. Le dije que no: «Si te lo regalo, lo perderás. A los cuatro días lo habrás vendido para meter el dinero en alguno de tus negocios ruinosos.» Se echó a reír. Sabe que puede pedirme cuanto quiera. A estas alturas no me importa demasiado que derroche el dinero. Para eso está. Me gustaría, eso sí, que tuviera suerte en algo de lo que emprendiese, pero no es ése su sino, o el sino de los tiempos. Ha sido representante de grupos musicales, ha abierto un par de pubs en sociedad con amigos, y siempre le ha ido mal.

«Claro, es un recuerdo de la abuela», razonó cuando me negué a regalarle el cuadro. Pensé que se equivocaba: el cuadro me molesta, pero soy incapaz de tocarlo. Cualquiera que sea el destino que le dé, la venta, el obsequio, o la destrucción, me pondrá en el papel de intermediario.

Los egipcios enterraban a los muertos rodeados por los objetos que habían significado algo en su vida, y creo que también lo hacían así los mayas y los chinos: quiero decir que es buena cosa, para librarse de la desolación que dejan en nosotros los que se van, para cerrar las heridas que dejan abiertas. Roberto dijo: «es un recuerdo de la abuela», y yo he escrito que se equivocaba. Pero no. Al escribirlo he ido dándome cuenta de que tenía razón.

Hay algo en Roberto que me recuerda a mí: su forma de mirar las cosas de cara, su enorme vitalidad que lo lleva a moverse continuamente de un sitio a otro, de un negocio a otro, y sin embargo, también hay algo en él en extremo frágil, porque mientras que yo sí que poseía capacidad y energías para cargar con las responsabilidades de cuanto ponía en marcha, él parece que te tiembla ante los ojos. Es ligero, inestable. Cuando lo miras parece como si estuvieras ante un globo siempre a punto de escaparse por el aire, o de estallar. Ha heredado mi carácter, mi falta de orgullo, que era también lo que definía a Julia, pero sin su consistencia, sin su soporte, a lo mejor porque no necesitó curtirse: porque no necesitó nunca nada.

Me invita a comer en un buen restaurante, paga la factura y sé que, a la salida del local, tengo que alargarle una suma diez veces superior a la que él acaba de abonar. Y no es que me invite con el espíritu de quien jugara en una ruleta trucada, sino que existe cierta desconexión entre sus actos, que se cierran en sí mismos, y un acto es el de invitarme, y otro, que nada tiene que ver con el anterior, el hecho de que, una vez más, se encuentra mal de lo que llama, bromeando, «liquidez».

Manuel siente celos de él. «Pero, papá, no le des ni un céntimo», me dice, «a Julia y a mí no nos trataste con esa generosidad. ¿No ves que lo acostumbras mal?» También Ramón parece tenerle celos, porque, con su presencia, rompe esa especie de dominio silencioso que ejerce sobre la casa. Cuando Roberto viene a verme, últimamente con menos frecuencia, Ramón acecha, entra en el salón o en el comedor con cualquier excusa, y camina por la casa con pasos de gato. ¿Quién sabe lo que guarda en su misteriosa cabeza? Me protege como un taciturno perro guardián. Se le anima el gesto si me ve comer con satisfacción, o si le digo que la mañana está hermosa, pero arruga la nariz y aguza la mirada en cuanto alguien viene a quebrar el apacible ritmo cotidiano de lo que él llama en tono solemne «la casa».

Me desazona, porque después de los años que llevamos juntos, sigo sin conocerlo: de él sólo sé su ritual de orden, que interpreto como una permanente demostración de fidelidad, que a mí no deja a veces de incomodarme, como puede desagradar el contacto con la lengua de un gato. Él, sin embargo, parece comunicarse conmigo por un transmisor oculto: adivina mis secretos deseos, mis necesidades, lo que me conviene y lo que no, y lo hace con una seguridad que llega a parecerme impúdica.

Siento curiosidad por saber cómo disciplina su soledad, si la vive como una carencia o como un reposo. Me hice esa pregunta la otra noche, porque me pareció oír voces en la buhardilla, como si se tratase de una discusión. Estuve a punto de levantarme de la cama para ver si ocurría algo extraño, aunque luego pensé lo más lógico: que Ramón debía de soñar en voz alta. Anoche, aunque amortiguado, volví a escuchar el sonido de su voz.

No sé por qué me extraña, si yo mismo me encuentro con frecuencia hablando solo y también lo hago en sueños. Eva me decía que había noches en las que tenía que mudarse de habitación porque yo no la dejaba dormir con mis monólogos nocturnos. Más adelante, y ya sin un motivo concreto, empezamos a acostarnos en habitaciones separadas. Cuestión de comodidad, o de hastío, que viene a ser lo mismo.

Lo de hablar a solas despierto es más reciente. El propio Ramón me ha sorprendido en varias ocasiones pensando en voz alta. «Creí que me llamaba», se ha disculpado cuando ha abierto sin permiso la puerta del salón o la de mi cuarto, y entonces yo me he dado cuenta de que reflexionaba en un tono de voz bastante elevado y he sentido vergüenza. No sé si es fruto de la soledad o de la vejez: probablemente un poco de cada cosa.

También Ramón tiene que sentirse solo en la casa, aunque viendo su comportamiento no se diría que desee otra cosa. Ya en los primeros recuerdos que guardo de él aparece como un tipo taciturno. Vuelvo a verlo la primera mañana en que lo conocí, emergiendo por sorpresa en el bosque de hayas cuando yo esperaba que el batidor llegase por el camino. Me asustó. «Me envía el del bar», me dijo, «porque le ha salido un compromiso que no puede dejar. Le prometo que no tendrá usted queja.»

Después, el recuerdo de otros días: sus piernas robustas ascendiendo la ladera del monte por delante de mí, sus manos apartando la maleza para que no me hieran las ramas, su habilidad para encender el fuego, el cuidado con el que preparaba el café, los gritos cortos con que mandaba a los perros y la precisión con que los animales ejecutaban lo que él quería darles a entender con esos gritos.

No tuve queja ni ese día ni los que siguieron. Continúo sin tener queja, aunque hay algo que me inquieta: es como si no fuera una sola persona, como si bajo la solidez de su cuerpo hubiera un espíritu delicado y sus músculos duros tuvieran un aceite suavizante que los impregnara. A veces he llegado a pensar si no tendrá un fondo homosexual. No, no es que desconfíe de él, lo que me preocupa es el origen de su tozuda fidelidad, cuál es la parte autoritaria de mí ante la que se inclina como los galgos se inclinaban ante un gesto suyo.

Vuelve el recuerdo. Hay una niebla espesa y las ramas de los árboles están rodeadas por una manopla de hielo. Las botas silban al separarse del suelo. Los galgos corren algunos metros por delante de él y él delante de mí. No hago ningún movimiento brusco, es sólo un paso en falso, pero resulta suficiente para que, aún no sé de qué modo, acabe resbalando y rodando por un pequeño talud. En cuanto advierte el accidente,

Ramón salta junto a mí. Casi noto al mismo tiempo la caída y su presencia. Cuando abro los ojos, veo su cara.

Intento levantarme con su ayuda, pero no lo consigo. He caído de lado y la pierna pende como muerta, aunque el dolor inicial del golpe desaparece lentamente. «No hay que dejar que se enfríe», dice él, «sería peor.» Le pido que acuda al pueblo en busca de ayuda, pero se niega. «Cójase del cuello», me ordena. Y durante tres largas horas escucho el silbido de sus botas sobre la tierra helada, noto el sudor de su nuca en mi cara, oigo su respiración jadeante como si sustituyera a la mía, y pienso: «Sus piernas son las mías, sus pulmones son los míos, suda por mí», y siento vergüenza de verme así llevado, inútil, y también una inmensa gratitud. Es la primera vez desde los lejanos tiempos de mi infancia en que el roce con otra piel, y el sudor, y el ritmo de la respiración que se transmite en el estrecho contacto de los cuerpos no nacen de un impulso sexual.

De vez en cuando se detiene, y en cada parada se carga con una nueva culpa. Vuelve su cara sudorosa y me pide disculpas, como si tuviera miedo de mí: «No se preocupe, llegamos enseguida.» Cuando habla se le escapa el aliento y forma pequeñas columnas de humo. Se le oye la respiración como se oye la de una estufa. Y de nuevo emprendemos la marcha. Si, después de tomar un sorbo de coñac de la petaca, se la tiendo a él, la mira con sorpresa, y la rechaza, como si la sumisión le impidiera acercar los labios al lugar en el que yo los he puesto. Le insisto, y entonces levanta la petaca en el aire y deja caer sobre la boca unas gotas, pero desde muy arriba, sin rozar el borde.

A medida que avanzamos, se le vuelve más penosa la respiración, pero en ningún momento se me ocurre pensar que pueda vencerlo la fatiga. Sus pasos repiten el ritmo de una mano que mece una cuna y yo me adormezco. Ha empezado a llover, me ayuda a ponerme la capucha, y vuelve a cargarme sobre sus espaldas. Mientras avanzamos bajo la lluvia, en medio del bosque que el invierno ha convertido en una monótona sucesión de ramas secas, me parece que dentro de mí no queda más calor que el que me transmite su nuca. Luego está sentado a mi lado en la ambulancia que me traslada al hospital y miro sus ojos y no soy capaz de leer nada en ellos.

Diez años más tarde se ha convertido en mi única compañía y me descubro escribiendo acerca de él en la madrugada. Escribo acerca de Ramón y también acerca de Roberto, a quien he visto nacer y crecer, pero a quien tampoco sé si conozco. A veces, su sonrisa me recuerda a la de la pobre Julia y entonces su cariño me parece un vaso tan frágil que temo usarlo en exceso, no vaya a quebrarse. Lo que decía mi suego: «Uno se pasa la primera parte de la vida vistiéndose y la segunda desnudándose.» Ahora, mi desnudez es casi completa: quedan sólo los jirones de la memoria enredándoseme entre las piernas y estos afectos y desafectos recientes, pasiones de última hora –Roberto, Ramón– en un viejo que cubre con ellas cuanto le importó de verdad. El abandono de Eva. Aquella bola dura dentro de su pecho.

Mi mano es rugosa, áspera y de color oscuro; su pecho era blanco y frágil, recorrido por invisibles venas azules. Tuve ganas de besárselo. Pero ella sonrió como si también el tumor fuera un invitado que exigiese buenos modales, cierta irónica distancia que yo hubiera estado a punto de romper con un gesto desmesurado. No quiso que la acompañara al hospital cuando le hicieron la biopsia. «¿Para qué?», dijo, «yo te llamo en cuanto termine.»

Me quedé sentado en el sofá durante largo rato y, luego, al pasar ante la puerta de su habitación, me fijé por si aún tuviera la luz encendida y, en ese caso, entrar con cualquier excusa. Ya la había apagado. Aquella noche fui incapaz de conciliar el sueño. Di vueltas en la cama, hasta que me convencí de que el sueño no iba a llegarme y encendí la lámpara de la mesilla e intenté leer. No pude fijar mi atención sobre la letra impresa. Acabé levantándome para ir en busca del paquete de cigarrillos que siempre guardaba escondido para los momentos de urgencia.

Me fumé un pitillo tras otro. En el silencio de la noche, la luz de la mesilla había empezado a poner en marcha los recuerdos de cuarenta años de vida que no sé si me atrevo a llamar en común, pero sí con una complementariedad que en aquellos momentos me parecía imprescindible: los dos extremos de una cuerda pueden estar muy alejados, pero son la misma cuerda. Deseaba que volviera atrás el tiempo y exprimirlo de otra manera: conocerla de nuevo, llevarla conmigo a Madrid por primera vez, volver a bailar con ella con la alegría de nuestra juventud y, en este intento, no equivocarme en nada, nunca.

No soportaba ni la luz ni la oscuridad. En ambos casos los recuerdos se movían libremente y me reclamaban los minutos perdidos, los gestos interrumpidos. Me cubrí la cara con la almohada y me asaltó la imagen de mi padre sentado a oscuras en el comedor, y era como si mi dolor fuese herencia del suyo, como lo es la forma de mis manos o la distribución del pelo en mi cabeza.

El día en que le dieron los resultados de la biopsia no subió a la oficina. Telefoneó desde una cafetería cercana y me pidió que bajase a reunirme con ella. Me esperaba sentada en una de las mesas más alejadas de la puerta y discutía con Beltrán en voz baja, de un modo que me pareció tenso. Al verme, se callaron. Beltrán se levantó y me tendió la mano, ella se quedó sentada. Me pareció que formaban un matrimonio lleno de complicidades y secretos y que yo cumplía el papel de invitado. Me desagradó esa sensación, que se volvió intrascendente en cuanto ella dijo: «Lo que nos imaginábamos.»

Torció la boca con una sonrisa: «No puedes figurarte lo rara que te sientes cuando lees en un papel que eres la protagonista de un cáncer.»

Beltrán fumaba. Le dejó que me explicase algunos detalles y, sólo cuando hubo concluido, dijo: «No te acabes de creer lo que Eva te cuenta. Por suerte, hemos cogido el mal a tiempo (dijo «el mal»). Hay que extirpar, luego dar algunas sesiones de quimioterapia y asunto concluido. Un tumor (creo que él dijo tumor y no cáncer) de mama ya no es un enemigo invencible para la medicina.»

Dijo más o menos eso. Yo ya no lo escuchaba. Había empezado a sentirme aturdido. Por un momento tuve la impresión de que se iniciaba la cuenta atrás; luego, al verlos a los dos, cuando Beltrán acercó el encendedor a la punta del cigarrillo de ella, pensé que la pérdida era como el recuerdo de una vida ya concluida. Manuel hubiera escrito acerca de las inflexiones del desamor.

Beltrán se despidió y nos dejó solos. La vi buscar el encendedor dentro del bolso y fumarse otro cigarrillo. No me había dado cuenta de que había consumido el anterior, pero la colilla estaba allí, en el cenicero, con la marca roja de sus labios en el filtro. Sentí deseos de apresarle las manos y dejarlas entre las mías: aquellas manos frágiles que tenían que haberme pedido piedad y que guardaban indiferentes el paquete de tabaco y el encendedor como si el dolor ocupara otros miembros y las dejara a ellas en libertad para seguir haciéndome el daño de lo ajeno. No supe qué hacer. De repente era como si tuviera que aprender desde el principio los sentimientos y los gestos que ponen en marcha. Metí la mano entre las volutas de humo del cigarrillo y le rocé la cara. Quise decirle: «¿Tienes miedo?», pero me quedé mirándola.

A veces paso el dedo pulgar por encima de alguna de las fotografías en las que aparece y siento que así le transmito algo cercano a la vida. Sí, es cierto, las fotografías guardan, como las presas recién cobradas, un rescoldo de calor. Paso el pulgar sobre ellas, las toco, y siento que me pongo en contacto con quienes ya no están, y ese contacto me proporciona un consuelo indefinido. Sin embargo, el retrato del pasillo, con el collar de platino reluciendo sobre la blancura del cuello de Eva, me daña la vista: es su cuerpo saliendo de otras manos; su cuerpo entre las manos de otro. Beltrán. El pintor Bello. En ese retrato, Eva conserva su capacidad para mirar hacia otra parte, hacia fuera. Y en mis pensamientos opongo la dócil serenidad de las cartulinas guardadas en el cajón, su certeza inmóvil de permanente verdad, a la imposible seguridad de lo que aún está vivo.

También Ramón adquiere a veces, por alguna reflexión de la luz sobre sus rasgos, o por algún cambio inesperado en el tono de su voz, la falta de certeza que posee lo ajeno, lo desconocido, lo vivo. Y eso aun a pesar de su tremenda identidad consigo mismo: me sirve la cena, siempre silencioso y cortés, y luego se queda durante un buen rato arreglando la cocina, mientras yo escucho la radio. A las once, me acompaña a la habitación, me ayuda a desnudarme y a bañarme y se despide de mí hasta el día siguiente. A medida que sus pasos se pierden en el pasillo, cae el silencio sobre la casa y ocupa las habitaciones, en las que sólo se oye el crujido de los muebles y el de las ramas de los árboles que el viento mueve en el exterior, hasta que, ya muy tarde, algunas noches se escuchan los sonidos que emite durante sus pesadillas. En alguna parte he leído u oído que ese tipo de sueños agitados son con frecuencia fruto de pesadas digestiones, aunque también puedan responder a alguna angustia íntima.

Durante las horas de la noche, escribo sentado en la cama, y en no pocas ocasiones me pregunto para qué me impongo una disciplina que no me resulta fácil: es lo mismo que preguntarme quién es el destinatario de mi esfuerzo. Se me ha llegado a pasar por la cabeza que debería ordenar estos papeles y guardarlos en un sobre a nombre de Roberto, porque lo siento como una prolongación de mí mismo, aunque en ciertos instantes me invada la sospecha de que apenas si lo conozco y ese sentimiento consiga que me procure escaso consuelo saber que, al escribir, mis palabras no caen en un pozo, como las que pronuncia Ramón en la soledad de la buhardilla, sino que se quedan vagando en el paisaje nevado de estas páginas igual que animales en un coto donde muy pronto sonarán los disparos del cazador. ¿Quién notará entre los dedos el rescoldo de calor de la pieza cobrada?

Encima del tocador de la habitación hay un jarrón con flores que hoy atraen mi atención porque Ramón, siempre tan cuidadoso, se ha olvidado de cambiarlas y los pétalos han empezado a caer sobre la superficie del mueble. El espejo lo refleja, iluminado de refilón por la lámpara con la que me alumbro, pero también refleja por detrás del jarrón una informe masa de sombras. Algo parece agazaparse en ellas y vigilarme. Mientras escribo, veo de soslayo esas sombras y me pregunto cómo llegará. ¿Vendrá de noche? ¿Lo hará en pleno día? ¿Será rápido, o irá cercándome lentamente, complacido en mi degradación? ¿Llegará aquí, a esta misma cama, o me buscará en una habitación de hospital? Miro el reloj: son las dos de la madrugada.

Aún queda mucho rato para que amanezca. Qué largas se hacen estas noches de invierno. Si aparto las cortinas, veo un cielo opaco, sin estrellas. Y cuando Ramón se calla, no se oye nada.

Valverde de Burguillos (Badajoz),
mayo de 1992-noviembre de 1993

COLECCIÓN COMPACTOS

173. Kazuo Ishiguro, **Un artista del mundo flotante**
174. Antonio Tabucchi, **Pequeños equívocos sin importancia**
175. Antonio Tabucchi, **El ángel negro**
176. Franz Werfel, **Una letra femenina azul pálido**
177. Soledad Puértolas, **Queda la noche**
178. Dany Cohn-Bendit, **La revolución y nosotros, que la quisimos tanto**
179. Esther Tusquets, **Varada tras el último naufragio**
180. Paul Auster, **La música del azar**
181. Tom Sharpe, **¡Ánimo, Wilt!**
182. Tom Sharpe, **La gran pesquisa**
183. Pedro Almodóvar, **Patty Diphusa**
184. Groucho Marx, **Las cartas de Groucho**
185. Augusto Monterroso, **Obras completas (y otros cuentos)**
186. Paul Auster, **Pista de despegue (Poemas y ensayos, 1970-1979)**
187. Graham Swift, **El país del agua**
188. Kenzaburo Oé, **Una cuestión personal**
189. Alfredo Bryce Echenique, **Permiso para vivir (Antimemorias)**
190. Vladimir Nabokov, **La defensa**
191. Alessandro Baricco, **Novecento**
192. Sergio Pitol, **Tríptico del Carnaval**
193. Vladimir Nabokov, **Rey, Dama, Valet**
194. Vladimir Nabokov, **Desesperación**
195. Vladimir Nabokov, **La verdadera vida de Sebastian Knight**
196. Vladimir Nabokov, **El ojo**
197. Albert Cohen, **Comeclavos**
198. Soledad Puértolas, **Días del Arenal**
199. Josefina R. Aldecoa, **Mujeres de negro**
200. Carmen Martín Gaite, **Lo raro es vivir**
201. Antonio Tabucchi, **Sostiene Pereira**
202. Thomas Bernhard, **El sobrino de Wittgenstein**
203. Samuel Beckett, **Compañía**

204. Juan Forn (ed.), **Buenos Aires (Una antología de narrativa argentina)**
205. Jaime Bayly, **La noche es virgen**
206. Vicente Verdú, **El planeta americano**
207. Ian McEwan, **Niños en el tiempo**
208. Martin Amis, **Campos de Londres**
209. Kazuo Ishiguro, **Los inconsolables**
210. Julian Barnes, **Hablando del asunto**
211. William S. Burroughs, **Yonqui**
212. Irvine Welsh, **Trainspotting**
213. Günter Wallraff, **Cabeza de turco**
214. Paul Auster, **Leviatán**
215. José Antonio Marina, **El laberinto sentimental**
216. Pedro Zarraluki, **La historia del silencio**
217. Enrique Vila-Matas, **Historia abreviada de la literatura portátil**
218. Sergio Pitol, **Vals de Mefisto**
219. David Lodge, **Fuera del cascarón**
220. Tom Wolfe, **Ponche de ácido lisérgico**
221. José Antonio Marina, **Teoría de la inteligencia creadora**
222. Antonio Escohotado, **Historia elemental de las drogas**
223. Norman Mailer, **Los desnudos y los muertos**
224. Donald Spoto, **Marilyn Monroe**
225. John Kennedy Toole, **La Biblia de neón**
226. Javier Tomeo, **El cazador de leones**
227. Félix de Azúa, **Diario de un hombre humillado**
228. Félix de Azúa, **Demasiadas preguntas**
229. David Trueba, **Abierto toda la noche**
230. Josefina R. Aldecoa, **Porque éramos jóvenes**
231. Philip Kerr, **Una investigación filosófica**
232. Roberto Bolaño, **Los detectives salvajes**
233. Álvaro Pombo, **Donde las mujeres**
234. Terry McMillan, **Esperando un respiro**
235. Bernhard Schlink, **El lector**
236. Marlon Brando, **Las canciones que mi madre me enseñó**

237. Ignacio Martínez de Pisón, **Carreteras secundarias**
238. Enrique Vila-Matas, **Suicidios ejemplares**
239. Truman Capote, **Retratos**
240. Arundhati Roy, **El dios de las pequeñas cosas**
241. Jack Kerouac, **Los Vagabundos del Dharma**
242. Roberto Bolaño, **Estrella distante**
243. Ian McEwan, **Amor perdurable**
244. Vladimir Nabokov, **Risa en la oscuridad**
245. Luis Racionero, **Oriente y Occidente**
246. Walter Mosley, **Blues de los sueños rotos**
247. Roberto Calasso, **La ruina de Kasch**
248. Raymond Carver, **Short Cuts (Vidas cruzadas)**
249. Pedro Juan Gutiérrez, **Anclado en tierra de nadie**
250. David Lodge, **Terapia**
251. Jeffrey Eugenides, **Las vírgenes suicidas**
252. Belén Gopegui, **Tocarnos la cara**
253. Harold Bloom, **El canon occidental**
254. A.S. Byatt, **Posesión**
255. Esther Tusquets, **Siete miradas en un mismo paisaje**
256. Enrique Vila-Matas, **Hijos sin hijos**
257. Oliver Sacks, **Un antropólogo en Marte**
258. Antonio Tabucchi, **El juego del revés**
259. Michel Houellebecq, **Ampliación del campo de batalla**
260. José Antonio Marina y Marisa López Penas, **Diccionario de los sentimientos**
261. Graham Swift, **Últimos tragos**
262. Ian McEwan, **El placer del viajero**
263. Slavenka Drakulic, **El sabor de un hombre**
264. Alfredo Bryce Echenique, **Un mundo para Julius**
265. Thomas Szasz, **Nuestro derecho a las drogas**
266. Gesualdo Bufalino, **Argos el ciego**
267. Alfredo Bryce Echenique, **La vida exagerada de Martín Romaña**
268. Alfredo Bryce Echenique, **El hombre que hablaba de Octavia de Cádiz**

269. Paul Auster, **A salto de mata**
270. John Fowles, **El mago**
271. Pedro Juan Gutiérrez, **Nada que hacer**
272. Alfredo Bryce Echenique, **A trancas y barrancas**
273. Stefano Benni, **¡Tierra!**
274. Hans Magnus Enzensberger, **El corto verano de la anarquía (Vida y muerte de Durruti)**
275. Antonio Tabucchi, **La cabeza perdida de Damasceno Monteiro**
276. Mijaíl Bulgákov, **Morfina**
277. Alfredo Bryce Echenique, **No me esperen en abril**
278. Pedro Juan Gutiérrez, **Animal tropical**
279. Jaime Bayly, **Yo amo a mi mami**
280. Alejandro Gándara, **Cristales**
281. Enrique Vila-Matas, **Una casa para siempre**
282. Roberto Bolaño, **Llamadas telefónicas**
283. Josefina R. Aldecoa, **La fuerza del destino**
284. Luis Racionero, **Filosofías del underground**
285. P.G. Wodehouse, **Jeeves y el espíritu feudal**
286. P.G. Wodehouse, **Tío Fred en primavera**
287. Laura Restrepo, **La novia oscura**
288. Álvaro Pombo, **El parecido**
289. Álvaro Pombo, **Los delitos insignificantes**
290. Javier Tomeo, **Amado monstruo**
291. Belén Gopegui, **La escala de los mapas**
292. Paloma Díaz-Mas, **El sueño de Venecia**
293. Richard Ellmann, **James Joyce**
294. Ray Monk, **Ludwig Wittgenstein**
295. Amitav Ghosh, **Líneas de sombra**
296. Richard Russo, **Alto riesgo**
297. Richard Russo, **Ni un pelo de tonto**
298. Denis Guedj, **El teorema del loro (Novela para aprender matemáticas)**
299. Michel Houellebecq, **Las partículas elementales**
300. Samuel Shem, **La Casa de Dios**

301. Philip Kerr, **El infierno digital**
302. Ignacio Martínez de Pisón, **El fin de los buenos tiempos**
303. Ignacio Martínez de Pisón, **María bonita**
304. Carmen Martín Gaite, **Los parentescos**
305. Álvaro Pombo, **El cielo raso**
306. Vikram Seth, **Un buen partido**
307. Patricia Highsmith, **Pequeños cuentos misóginos**
308. Patricia Highsmith, **Crímenes bestiales**
309. David Lodge, **Intercambios**
310. Irvine Welsh, **Escoria**
311. Pedro Juan Gutiérrez, **Sabor a mí**
312. Paul Auster, **Tombuctú**
313. Rafael Chirbes, **Los disparos del cazador**
314. Rafael Chirbes, **La larga marcha**
315. Félix de Azúa, **Momentos decisivos**
316. Truman Capote, **Tres cuentos**
317. Truman Capote, **El arpa de hierba**
318. Alessandro Baricco, **Océano mar**
319. Paul Auster, **Smoke & Blue in the face**
320. Richard Ford, **El periodista deportivo**
321. Richard Ford, **El Día de la Independencia**
322. Hunter S. Thompson, **Miedo y asco en Las Vegas**